새벽을 여는 남자

The Dawn Open Man

201   년   월   일

님께

행복에너지 샘솟는 나날 되시길 기원드립니다!

드림

The Dawn Open Man

초판 1쇄 발행 2014년 12월 12일

지 은 이	오풍연
발 행 인	권선복
편 집	김정웅
표 지	배주회
내 지	이세영
교 정	김성호
사 진	배재성
마 케 팅	정희철
전 자 책	신미경
발 행 처	도서출판 행복에너지
출판등록	제315-2011-000035호
주 소	(157-010) 서울특별시 강서구 화곡로 232
전 화	0505-613-6133
팩 스	0303-0799-1560
홈페이지	www.happybook.or.kr
이 메 일	ksbdata@daum.net

값 15,000원
ISBN 979-11-5602-084-4 03810

도서출판 행복에너지는 독자 여러분의 아이디어와 원고 투고를 기다립니다. 책으로 만들기를 원하는 콘텐츠가 있으신 분은 이메일이나 홈페이지를 통해 간단한 기획서와 기획의도, 연락처 등을 보내주십시오. 행복에너지의 문은 언제나 활짝 열려 있습니다.

The Dawn Open Man

오풍연 에세이

도서
출판 행복에너지

나는
영원한 작가를
꿈꾼다

만 28년 동안 기자생활을 했고 지금은 대학 두 곳의 초빙교수로도 있다. 그래도 내 직업은 기자다. 나이도 50대 중반. 인생의 황금기라고 할 수 있다. 그런데 신문사 동기들도 하나둘씩 정년퇴직을 한다. 만 55세 정년에 걸려 정든 회사를 떠나는 것이다. 나도 서울신문에 계속 있었더라면 동기들과 같은 처지가 될 수밖에 없다. 2015년 5월 31일이 정년퇴직일이다.

2012년 2월, 서울신문에 사표를 과감히 던지고 사장직에 도전했다. 결과는 실패. 백수 생활도 7개월가량 했다. 그러나 얻은 것도 많다. 직장의 소중함을 다시 한 번 깨닫게 됐다. 그해 9월 대경대 초빙교수, 10월부터 파이낸셜 뉴스 논설위원을 겸직하고 있다. 투잡을 갖고 있는 셈이다. 특히 신문사의 배려로 5학기 동안 강의를 할 수 있었다. 고맙지 않을 수 없다. 앞으로도 강의는 계속할 것이다.

나의 글쓰기도 진행형이다. 매일 새벽 두 시쯤 일어난다. 짧은 글을 쓴다. 주변의 얘기를 옮긴다고 할까? 그런 만큼 거창하지도 않다. 그저 우리네 이웃의 일상사다. 너도나도 겪을 수 있는 것들이다. 더러 '그것도 글이냐'라는 비판도 받는다. 하지만 이 같은 글의 형태를 바꿀 생각은 없다. 더 잘 쓸 자신도 없다. 있는 그대로를 옮기기 때문이다. 나의 문학관(?)이기도 하다. 나는 삶 자체를 하나의 문학으로 본다.

이번 에세이집이 나오면 8권째다. 현역 신문기자 신분으로 이만큼 책을 낸 사람도 없을 게다. 그런 점에서 보면 나는 운이 좋다. 아무리 좋은 원고인들 출판사 측이 받아주지 않으면 책이 나올 수 없다. 그동안 졸고를 받아준 여러 출판사 측에 거듭 감사를 드린다. 그동안 쓴 글의 형식은 똑같다. 이른바 장편掌篇 에세이다. 원고지 3장 안팎의 분량이다. 나는 긴 문장의 글보다 짧은 문장을 선호한다. 당장은 낯설지 몰라도 언젠가는 한 장르로 자리 잡았으면 하는 바람을 갖고 있다.

페이스북과 페친들의 고마움도 빼놓을 수 없다. 페이스북이 이제는 절친이 됐다. 새벽에 눈을 뜨자마자 페이스북부터 열고 하루를 시작한다. 거기에 짧은 글을 올린다. 이렇게 생활해온 지 10년 가까이 된다. 모두 잠든 시간에 나만의 시간을

나는 영원한 작가를 꿈꾼다

갖고 글을 쓴다. 7권의 책도 그래서 나올 수 있었다. 대신 낮에는 신문사 일을 하거나 그냥 논다. 새벽을 즐기기에 한결 여유가 있다.

글을 언제까지 쓰겠다는 계획을 세운 적은 없다. 작가에게 정년은 없는 법. 가능하다면 평생 글을 쓰고 싶다. 물론 글은 쓰겠지만 책으로 나올지는 나도 모른다. 그 역시 출판사 측이 키를 쥐고 있기 때문이다. 8번째 에세이집도 우연찮게 나오게 됐다. 신문광고를 보고 이메일로 원고를 보냈다. 그랬더니 행복에너지 권선복 대표가 연락을 해서 바로 진행하자고 했다. 출판업계도 불경기다. 그런 위험을 감수하고 책을 내준다니 어찌 고맙지 않으랴.

가족뿐만 아니라 지인들도 큰 힘이 되어준다. 큰 형님 같은 김용석 에스틸 회장, 전영숙 아세아항공전문학교 이사장, 김종국 동반성장위 사무총장, 이경순 누브티스 대표, 박기주 케이디파워 의장, 조웅래 더맥키스컴퍼니 회장, 유진선 대경 대 설립자 겸 명예총장, 이승원 한국발전기술 대표 등도 격려를 아끼지 않는다. 그밖에도 많은 분들이 글을 계속 쓸 수 있도록 용기를 북돋아 준다. 관심이 그것이다. 그들에게 항상 고마운 마음을 갖고 있다.

특히 귀중한 사진을 제공해 준 대전고등학교 동기동창인 배재성 친구에게도 감사드린다. 도서출판 행복에너지 김정웅 편집자와 배주희 누브티스 디자인팀장에게도 감사한 마음을 전한다. 독자들에게 이 책이 조금의 위안이라도 되면 좋겠다. 작가에게 독자는 언제나 꿀과 같은 존재다. 한 명의 독자가 있는 한 글쓰기는 멈추지 않을 것이다. 세상이 아름답다. 나는 그 아름다운 세상에 살고 있다. 행복이 가까이 있음을 느낀다. 모든 분들께 감사를 드린다.

2014년 11월 11일
오풍연

나는 영원한 작가를 꿈꾼다

목차

 chapter 01 일기도 문학이 될 수 있을까?

chapter 02 나는 촌놈이다

chapter 03 행복은 멀리 있지 않다

chapter 01

일기도 문학이
될 수 있을까?

그날그날 내 주변에서 일어나는 일을 기록하고 있다. 화려한 수식어도 없다.
시래깃국, 된장에 풋고추를 찍어 밥을 먹는다고 할까?
내가 만나는 사람들이 모두 글 속의 주인공이다.
그들이 아니었더라면 책도 나오지 못했을 것이다. 그런 만큼 인연을 가장 중시한다.

페이스북 스타

"국장님은 그냥 옆에 계신 것 같아요!"

서울신문에 함께 근무했던 동료의 얘기다. 다름 아닌 페이스북 덕택이다. 매일 일기를 쓰듯이 일상을 소개하니까 내 동선을 파악하고 있었던 것. 전혀 낯설지 않다는 얘기다. 상가나 결혼식장에서도 비슷한 경험을 여러 번 했다. "페이스북 스타잖아요!" 라면서 일부러 찾아와 악수를 건네는 분들도 있다.

페이스북은 장점이 많은 게 사실이다. 자주 만나지 않아도 페이스북을 통해 소통을 할 수 있다. 내 경우에는 일상을 자세히 소개하니까 이제는 페친들이 나의 동선까지 파악하곤 한다. "엊그제 어디 갔다 오셨어요?", "누구 만나셨죠?" 등등은 자주 듣는 말이다. '어떻게 알았냐'고 물어보면 '페이스북에서 봤다'고 대답한다.

나보고 스타라니, 과찬의 말씀이다. 그냥 페친들과 인생, 즉 삶을 공유하기 위해 몇 자 올리는 것뿐이다. 오늘도 서울신문 후배와 점심을 함께한다. 항상 찾아오는 이가 있어 혼자보다는 둘이더 행복함을 느낀다.

100% 사람 믿기

　나는 사람을 100% 믿는다. 남을 의심하는 것 자체를 꺼린다.
그래서 '바보'를 자처한다. 때론 '천사'로 불리기도 한다. 그런데 의
외로 거짓말 하는 사람들이 많다. 학력과 경력을 속이기도 하는데
언젠간 모두 탄로 나는 법이다. 거짓말을 하다 보면 자기 자신도
거기에 빠져 나중에는 거짓이 거짓말을 낳는다. 한 번 거짓말을
하면 되돌릴 수 없다. 세 살 버릇 여든까지 간다고 한다. 어릴 때
부터 바르게 키워야 한다. 그 본보기는 부모다. 부모가 거짓말을
밥 먹듯이 하면 자식도 따라 배운다. 어른부터 솔선수범할 필요가
있다. 적어도 자식 앞에서 거짓말을 하면 안 된다.
　거짓은 가짜를 진짜로 믿는 것과 다름없다. 적어도 내가 아는
페친 중에는 그런 사람이 없으리라고 확신한다. 다시 한 번 정직
을 강조하고 싶다. 그래야 길게 간다.

나는 영원한 작가를 꿈꾼다

17

아들 사랑

어젠 대학 졸업반인 아들 녀석에게 슬픈 날이었다. 사회에 첫발을 내딛으려는 순간 실패를 맛본 것이다. 대기업 입사시험에 지원했다가 1차에서 떨어졌다. 우리 부부도 별로 실감이 안 났다. 설마 1차는 통과하리라 생각했기 때문이다. 하지만 녀석은 애써 괜찮다고 하면서 우리를 안심시켰다.

"아빠, 내 스펙이 조금 부족한가 봐. 또 알아봐야지."라고 말은 해도 얼마나 가슴이 아프겠는가. 하나밖에 없는 아들놈이라 애지중지 사랑을 받으며 자랐다. 비록 넉넉하지는 않았지만 그래도 구김살 없이 키웠다. 컴퓨터 공학을 전공했는데 꿈은 대한민국 최고의 바리스타란다. 바리스타 자격증도 땄고, 지금도 아르바이트를 하고 있다. 경험을 더 쌓은 뒤 창업하는 것이 녀석의 꿈인데 반드시 이루리라고 본다. 실패는 성공의 어머니라는 말처럼 이번 경험이 녀석에게 자양분이 됐으면 한다.

대전 유학

대전에서 포스터를 보내왔다. 이번 주 금요일에 내려간다. 너무 환대받는 것이 아닌가 싶다. 그곳에서 책을 좋아하는 분들과의 만남이 벌써부터 기대된다. 고등학교 동기가 자리를 주선했다. 대전에 한 번 내려올 수 없냐고 하기에 무조건 오케이를 했다. 고향 사람들을 만나는데 무슨 조건이 있겠는가.

대전은 제가 초중고를 다닌 곳이다. 초등학교 5학년 때 충남 보령을 떠나 유학 생활을 했다. 만 7년 동안의 추억이 서린 지역이다. 1979년 대전을 떠난 뒤로는 자주 못 간다. 그렇기에 1년에 4번은 꼭 가고, 애경사 등 집안일이 있으면 더러 내려가곤 한다. 그리고 설, 추석, 아버지, 어머니 제사는 절대 빠지지 않는다.

이번에 대전 지역 북 카페 회원들이 초대를 해주었다. 나에겐 영광이다. 제2의 고향 분들이 불러주는데 어떻게 안 갈 수가 있을까? 그곳에 몇 명이 참석하든 강의를 할 계획이다. 즐거운 마음으로 다녀올 생각이다. 고마움도 함께 전한다.

두 형님

정말 밤이 길다. 밤 10시경 눈을 붙였는데 깨어보니 새벽 1시가 조금 넘었다. 평소 일어나는 시간인 2~3시쯤 된 줄 알았다. 습관대로 눈을 뜨면 거실로 나온다. 그리고 역시나 커피 한 잔을 마시니 기분이 상쾌하다. 이번 주는 목요일까지 근무하면 금토 이틀 쉰다. 점심과 저녁에는 조용히 보내려고 아무런 약속도 잡지 않았다. 그저 토요일 오전 11시 주례만 서면 된다.

올해 일어났던 일들이 기억을 스쳐 지나간다. 페친들과의 만남도 잊을 수가 없다. 행여 내가 소홀했다면 너그럽게 이해해주길 바란다. 인생을 함께할 좋은 분들도 만났다. 특히 에스틸 김용석 회장님, 동반성장위 김종국 사무총장님은 친형님과 같이 느껴진다. 앞으로 만날 인연이 더 기대된다.

고등학교와 대학교 동기들과의 폭도 넓혔다. 오랫동안 연락이 닿지 않았던 여러 친구들을 만났다. 사람은 내가 더 관심을 보여야 끈이 이어지는 법이다. 그래서 인생은 아름답다.

키다리 아저씨

오늘은 비번이어서 집에 있는데 휴대폰 벨이 울렸다. '키다리 아저씨'였다. 내가 그렇게 입력해 놓았다. 누군지 알기에 먼저 "응, 잘 있었나?"라고 인사를 건네니 "예. 위원님 잘 지내셨어요? 저를 기억하시네요."라고 한다. 지난해 3월 '천천히 걷는 자의 행복' 북 콘서트에서 만난 친구였다. 유난히 키가 커서 기억하고 있었다. 젊은 친구다. 나이를 물어보니 올해 35살이라고 했다.

젊은이가 헌혈 등 좋은 일을 많이 한다고 들었다. 내 페이스북을 열심히 보는지 "아드님은 괜찮아요?" 라면서 아들 녀석의 근황도 물어본다. 병원에 데리고 갔던 것을 본 듯하다. 페북이 관심과 소통의 수단이 되는 것은 분명하다. 장점이 아닐 수 없다. 페친 중에서는 처음으로 걸려온 전화였다.

올해도 좋은 일이 계속 생길 것만 같은 느낌이 든다. 내가 마냥 행복해하는 이유이기도 하다. 이런 나를 보고 아내는 '자기 요즘 정신이 조금 이상한 것 아니냐'고 묻는다. 지극히 정상이다. 가만히 있어도 좋다. 옛 시조가 생각난다. 이런들 어떠하리, 저런들 어떠하리. 지금까지처럼 앞으로도 유쾌하게 살아갈 생각이다.

나는 영원한 작가를 꿈꾼다

새해 첫날

어제 출근하지 않고 쉬었으니 사실상 오늘이 갑오년 첫날인 셈이다. 직장의, 일터의 소중함을 다시 한 번 느낀다. 나이 쉰을 넘으면 마음을 비워야 한다. 자리 욕심을 내지 말아야 한다는 얘기다. 어떤 자리에서든지 일하는 것만으로도 감사해야 한다. 나 역시 마찬가지다.

조기퇴직하거나 정년퇴직하고 노는 50대가 많다. 내 주위에도 적지 않다. 더 일할 수 있는데도 갈 데가 없는 것이다. 당연히 오라는 곳도 없다. 100~200만 원짜리 직장도 흔하지 않다. 나도 한 살 더 먹어 쉰다섯 살. 반올림하면 60이다.

올해 서울신문 입사 동기 두 명도 정년퇴직을 한다. 한 친구는 6월, 또 한 친구는 9월에 회사를 각각 그만둔다. 1986년 입사했으니까 28년 만에 떠나는 셈이다. 그만두고 싶어 떠나는 것이 아니다. 나이가 차서 나가는 것이다. 만 55세. 적지 않은 나이다. 사람은 모두 늙는다. 누구든 예외가 없다. 아름답게 늙고 싶다.

밴드

　요즘 페이스북과 함께 재미를 하나 더 붙인 게 있다. 바로 밴드다. 얼마 전 카톡으로 '기주사랑' 모임 초대 메시지가 왔다. "초대장은 3일 내에만 유효합니다."라는 설명까지 있다. 기주는 절친인 케이디 파워 박기주 의장의 이름과 같았다. 그래서 주소를 눌러 보았다. 박기주 의장을 좋아하는 분들이 만든 밴드였다. 물론 박 의장이 멤버 겸 리더로 있었다. 현재 멤버는 32명.

　난 박 의장과 카톡 메시지를 보냈던 분 등 두 명만 안다. 차츰 알게 된 결과지만 주로 부산, 경남 지역에 계신 분들이 많았다. 내 책 '천천히 걷는 자의 행복'을 읽고 밴드에 올리신 분도 있었다. 반갑지 않을 수 없었다. 부산 해운대 서점에 들렀다가 우연히 내 책을 발견했단다. 그럴 때 작가로서 조그만 '희열'을 느낀다.

　또 하나의 밴드는 대전고 58회 동문회. 1979년에 대전고를 58회로 졸업한 동문들의 모임이다. 전체 멤버는 218명. 이런 저런 소식이 많이 올라온다. 요즘은 건강과 자녀 혼사, 부모님 상 등이 많다. 열심히 소식을 전하는 친구들이 있어 활성화됐다. 나도 최근에야 글을 올리기 시작했다. SNS를 잘 활용하면 삶을 더 윤택하게 할 수도 있다.

일목회(一木會)

오늘은 바쁜 하루가 될 것 같다. 점심때는 고등학교 동기들과 만난다. 여의도 근방에 근무하는 친구들과 매달 첫 번째 목요일에 만난다. 이름하여 '일목회'다. 아무래도 은행, 증권 등 금융회사에 다니는 친구들이 많다. 매번 10여 명씩 참석한다. 나는 재작년 가을 여의도로 왔으니까 뒤늦게 합류했다.

그동안 자주 얼굴을 내밀지는 못했다. 이번이 세 번째 참석이다. 저녁에는 페친들과 만난다.

나까지 모두 5명. 올해 첫 만남이다. 삼겹살과 생태찌개 전문인 '태진'을 골랐다. 내가 1986년 12월 서울신문에 입사한 뒤 단골로 다니는 집이다. 원래 계시던 주인 할머니는 10여 년 전에 돌아가 셨다. 자식이 없는 분이었는데 식당과 건물을 종업원들에게 주고 떠나셨다. 일찍이 노블레스 오블리주를 실천하신 분이다. 그래서 지금은 종업원들이 주인이다. 나는 그 종업원들과 가족처럼 지낸다. 좋은 추억이 될 듯싶다.

시간 약속

    오늘은 점심 때 시내에 나간다. 롯데호텔에서 주한 EU대사와 점심을 한다. 어제 오후 갑자기 연락이 왔다. 내가 정치, 외교를 담당하기 때문이다. 누가 점심을 먹자고 하면 귀찮아한다. 대부분의 기자들이 시큰둥하다. 그러나 힘 있는 사람이 보자고 하면 달라진다. 유명 정치인이나 재계 인사들이 만나자고 하면 득달같이 달려간다. 아마 오늘도 많이 참석하지 않을 듯싶다.

    나에겐 원칙이 있다. 시간이 있으면서 나가지 않는 법은 없다. 어떤 약속이든지 했으면 지킨다. 약속만큼 중요한 것도 없기 때문이다. 학생들에게도 약속의 중요성에 대해 입이 닳도록 얘기한다. 신용의 출발점은 약속을 지키는 데서 비롯된다. 그중에서도 시간 약속이 첫째다. 시간 약속을 지키지 못하면 다른 약속도 못 지킨다.

    내가 시간 약속을 어기는 일은 거의 없다. 항상 미리 가서 상대방을 기다린다. 나도 좋고, 상대방도 좋아한다. 부득이 약속시간에 못 댈 때도 있다. 그런 경우엔 반드시 연락을 하고 양해를 구한다. 믿음도 자그만 것에서 싹튼다.

나는 영원한 작가를 꿈꾸다

정직이란?

초저녁에 잤더니 방금 전 일어났다. 새벽 1시도 안 됐다. 오늘 하루도 길 것 같다. 입춘立春이다. 아무리 추워도 봄은 온다. 계절 만큼 정직한 것도 없다. 봄이 오는 소리가 느껴진다. 아내와 아들 녀석은 안산 현불사에 간다.

아내가 나를 보며 "자기 잘되라고 빌어줄게"라고 말한다. 내가 아내의 성에 차지 않아서다. 하긴 '바보'와 함께 살고 있으니 그럴 만도 할 게다. 내가 바보 생활을 청산해야 아내의 성에 조금 찰 텐데. 하지만 그럴 생각이 없다. 늘 지금처럼 살려고 한다. 적어도 바보 는 정직하기 때문이다.

정직. 내가 가장 좋아하는 말이다. 내 삶의 키워드도 정직이다. 그렇다면 정직하게 살아왔는가. 100% 정직하게 살아왔다고는 생각하지 않는다. 하지만 그에 버금갈 정도로는 살아왔다고 자부 한다. 내가 선출직에 도전했던 이유이기도 하다. 첫 번째는 서울 신문 노조위원장 선거. 두 번째는 서울신문 사장 도전. 정직이 모든 것을 말해주는 세상이 아니라는 것도 느꼈다. 그래도 정직을 버릴 생각은 없다.

출간 기념 파티

기분 좋은 저녁을 했다. 파이낸셜 뉴스 전재호 회장, 권성철 사장과 저녁을 같이 했다. 나의 7번째 에세이집 출간을 기념하여 자리를 만들어 주셨다. 논설위원실 식구들도 함께했다. 회사 오너의 관심은 사실 과분한 것이다. 첫 번째 책도 아니고, 파이낸셜 뉴스에 와서도 두 번째인데.

그분은 내게 일할 수 있는 공간과 책을 쓸 수 있는 여유를 주었다. 내가 잘나서가 아니라 회사가 있었기에 출판도 가능했다. 정말로 고맙고 마음도 편하다. 내가 이 신문사를 위해 할 수 있는 일을 다 하련다. 회장님이 한두 가지 아이디어를 내셨다. 내가 기여할 수 있는 부분도 있을 것으로 본다.

지금은 작은 신문사지만 오피니언 리더들이 즐겨 찾는 신문을 만드는 데 일조할 생각이다.

내일은 근무조를 바꿔 근무한다. 대신 일요일은 쉰다. 아름다운 밤이다.

생일날

　나의 55번째 생일날이다. 정월생이니까 굉장히 빠른 셈이다. 그래서 은행 지점장으로 있는 동생과도 한 살 터울이다. 우선 건강한 게 고맙다. 한때는 머리가 아파 고생을 했지만 지금은 거의 나았다고 할 수 있다. 심할 때는 응급실에 몇 차례 달려간 적도 있다. 그러나 병원에 가면 이상 무. MRI와 CT도 여러 번 찍었다.

　2004년 여름부터 그랬으니 오랫동안 마음고생을 했다. 병원에서도 원인을 모른다고 해서 자가진단을 했다. '내 병은 내가 고친다'고 다짐하며 마음을 단단히 먹고 운동을 했다. 108배와 걷기 운동이 그것이다. 정말 열심히 했다. 그 때문인지는 몰라도 이젠 정상이라고 말할 수 있다.

　남들에게서 '얼굴 좋다'는 말도 자주 듣는다. 가장 좋아하는 소리다. 각설하고, 요즘 기분은 최상이다. 매일 즐겁게 살지만 특히 신난다. 하루하루가 재미있다. 약속이 기대되고, 만나는 모든 분들이 고맙다. 이처럼 함께 살아야 진정 인생의 맛을 느낄 수 있다.

나눔 회원들

　　나눔 회원들과의 만남. 한 달에 한 번씩 만나는 모임이다. 사실 바쁜 직장인들이 이처럼 만나는 것은 쉬운 일이 아니다. 그래도 원칙을 정했다. 전체 회원은 11명. 여러 분야에서 다양한 활동을 하고 있다. 다음 달 모임은 제주에서 1박 2일로 한다. 3월 22~23일이다.

　　모임에 모든 회원들이 참석하는 것은 불가능하다. 그래도 7~9명은 고정적으로 참석한다. 모임 회장과 총무가 열심히 챙기는 까닭이다. 두 사람 모두 바쁜데도 나눔 모임에 열정적이다. 어떤 모임이든지 이들처럼 열성적인 사람이 없으면 오래가지 못한다. 주로 가격이 저렴한 맛집에서 만난다. 기왕이면 입이라도 호강하자는 취지에서다.

　　트래킹을 할 계획이다. 나는 일요일 근무라서 23일 오전 먼저 올라와야 한다. 그래도 참석하는 데 의미가 있다고 본다. 어떠한 약속이든지 정했으면 지켜야 한다. 나의 살아가는 방식이기도 하다. 오늘은 올해 첫 라운딩을 한다. 예년에 비해 훨씬 빠른 편이다. 지인의 초대. 즐거운 하루가 될 것 같다.

독자들

28일(금) 저녁 여의도백화점 안에 있는 여의도 샤브샤브에서 독자 10명을 만난다. 나의 7번째 에세이집 '그곳에는 조금 다르게 행복한 사람들이 있다'를 펴낸 출판사 에이원북스 측이 독자들을 초청한 것. yes24, 인터파크를 통해 신청을 받았다. 각각 5명씩, 모두 10분이 초대된다.

저자는 독자를 가장 목말라한다. 나도 다를 바 없다. 전업 작가는 아니지만 독자가 있어야 내가 설 땅도 있기 마련이다. 책을 냈는데 한 명도 찾지 않는다면 불행한 일이다. 독자 찾아 삼만 리라고. 그들이 있는 곳이면 어디든 찾아간다. 가만히 앉아서 독자를 기다리는 시대는 지났다.

저자로서 독자와의 만남은 나도 처음이다. 어떤 분들이 나오실지 모르겠다. 나의 진솔한 모습을 보여드리고자 한다. 앞서 '책좋사' 카페 회원 11분께 네 번째 에세이집 '사람풍경 세상풍경'을 보내드린 적이 있다. 기회가 된다면 페친들도 뵙고 싶다. 좋은 하루 보내시라.

어느 재벌 회장의 편지

한 달 전쯤 30대 재벌 그룹 회장님의 친필 편지를 받았다. 보통 정성이 아니셨다. 올해 한국 나이로 여든이다. 그룹 홍보 담당자와 인연이 있어 네 번째 에세이집인 '사람 풍경 세상 풍경'에 사인을 해서 드렸다. 회사의 이런저런 일로 마음고생을 하신 적이 있어 위로 차 책을 건넸던 것.

그런데 열흘쯤 지나 집으로 편지와 함께 와인 1병을 보내오셨다. 편지에는 진심이 묻어났다. 우리나라 재벌 회장님들, 솔직히 기세가 높다. 여간해서는 친필 사인도 잘 안 한다고 했다. 그룹 비서실과 홍보실에서 다소 놀랐다는 것. 그렇다면 나에겐 영광이다.

편지를 받은 뒤 나 역시 친필 편지와 함께 7번째 에세이집 '그곳에는 조금 다르게 행복한 사람들이 있다'를 다시 보내드렸다. 회장님이 책을 보실지는 모르겠다. 소소한 인연으로 생각한다.

베스트셀러

한 달 전쯤 페친에게서 꽃바구니와 함께 '베스트셀러'를 기원하는 엽서를 받은 적이 있다. 7번째 에세이집이 나온 지 한 달 보름 정도 됐다. 그 독자의 바람대로 '베스트셀러'에는 진입하지 못했다. 그래도 보람은 있다.

베스트셀러는 작가의 로망이다. 누구나 한 번쯤 베스트 작가가 되고 싶어 한다. 나도 아니라고 하면 거짓말. 그러나 그 꿈을 버렸다. 책이 나온 것 자체만으로도 감사해하고 있다. 일반인이 책을 낸다는 게 말처럼 쉽지 않다. 내가 지금까지 7권의 에세이집을 냈어도 여전히 무명이다. 그런 이름 없는 작가의 원고를 받아주는 출판사 측이 고맙지 않겠는가.

책을 보신 전국의 독자들로부터 격려를 받았다. 일일이 감사를 드리지 못해 죄송할 뿐이다. 출판사 측에서도 '저자와의 만남'을 주선했다. 무명의 나로서는 만족할 만한 성과다. 글을 계속 써야 되겠다는 각오도 다졌다. 오늘 아침 엽서를 다시 꺼내 보았다. 그 독자의 향기가 느껴진다. 감사함을 전하면서 더욱 분발할 것을 다짐한다.

일기도 문학이 될 수 있을까

일기도 문학의 한 장르가 될 수 있을까? 나는 '그렇다'고 대답하고 싶다. 나는 문학을 전공하지 않았다. 그렇다고 따로 공부한 적도 없다. 있는 그대로의 삶을 서술하면, 그것을 문학으로 본다. 내가 보는 문학의 관점이다. 문학 또한 삶과 떨어져 볼 수 없다고 생각하기 때문이다.

내 의견에 얼마나 동의할지는 모르겠다. 그동안 펴낸 7권의 에세이집도 똑같다. 시시콜콜한 얘기까지 소재로 등장한다. 따라서 거창하지도 않다. 이번 8번째 에세이집은 일기 형식을 빌리고 있다. 그날그날 내 주변에서 일어나는 일을 기록하고 있다. 화려한 수식어도 없다. 시래깃국, 된장에 풋고추를 찍어 밥을 먹는다고 할까?

내가 만나는 사람들이 모두 글 속의 주인공이다. 그들이 아니었더라면 책도 나오지 못했을 것이다. 그런 만큼 인연을 가장 중시한다. 불가에서는 옷깃만 스쳐도 인연이라고 했다. 인연 또한 내가 주도적으로 만들어야 한다. 그래야 그 관계를 오래 지속할 수 있다. 남이 만들어주겠거니 하면 금세 끊어진다. 인연을 쌓기 위해 노력을 하라는 얘기다. 이 세상에 그냥 되는 일은 없다. 노력한 만큼 거둔다.

이 같은 일기도 하나하나 쌓이면 책이 되어 나올 수 있다고 생각한다. 그날이 언제 올지 모른다. 지금 새로운 형식을 시도하고 있는 것이다. 나의 글쓰기도 형식 파괴다.

글쓰기

장편 에세이 200개가 목표다. 지난 1월, 7번째 에세이집을 펴낸 후부터 계속 글을 써왔다. 거의 새벽마다 쓰다시피 했다. 두세 시쯤 일어나 제일 먼저 하는 일과다. 처음 시작할 때는 언제 쓰나 막막하기만 하다. 에세이집을 낼 때마다 느끼는 감정이다. 그러다 에세이가 한 개 한 개 늘어나면 뿌듯해진다. 창고에 곡식을 쌓아두는 느낌이랄까?

8번째 에세이집 역시 다르지 않다. 주변의 소소한 일상들을 글로 옮겼다. 매일 쓰다 보니 일기 형식처럼 보인다. 내가 아는 모든 사람들이 주인공이다. 그들이 있기에 내 글도 함께 숨 쉬고 있다. 고맙기 짝이 없다. 그동안 홀가분한 기분으로 자판을 두드려 왔다.

페친 역시 소중한 자산이다. 그들의 관심과 격려가 없었다면 7번째 에세이집 '지금 그곳에는 조금 다르게 행복한 사람들이 있다'는 나오지 못했을 것이다. 페친들에게 글을 쓰겠다고 신고하고 글을 올렸다. 그것이 책으로 나왔다. 이제 페친도 3,000명 가까이 늘었다. 따라서 배가 고프지 않다.

품앗이론

　우리 세대도 이제 나이가 들어간다. 애경사가 많을 때다. 수시로 메시지가 뜬다. 부모님 상, 아들딸 혼사. 연락을 받고 보면 고민이 되지 않을 수 없다. 마음 같아선 모두 얼굴을 내비쳐야 하는데. 그것이 현실적으로 불가능하다.

　그렇다면 정답이 있을까? 내가 성의를 표한 만큼 돌아온다. 서운해 할 필요도 없다. 자기가 한 것을 돌아보면 답이 나온다. 나 역시 다를 수 없다. 3학년 8반. 우리 반부터 먼저 챙기려 한다. 부득이 참석할 수 없을 땐 계좌번호를 알아내 온라인으로 송금하는 방법을 쓴다.

　사실 다 챙기면 좋을 텐데 그것은 이론적으로만 가능하다. 특히 직장인에겐 경조사비가 만만치 않다. 보통 5만 원, 10만 원 단위로 부조를 한다. 내 경우도 한 달 평균 30~50만 원 정도 들어간다. 모든 사람을 챙길 수 없어 선별적으로 성의를 표시한다. 더 좋은 방안이 있으면 제시해 달라. 나의 짧은 생각이다.

생일 하루

　세상은 참 따뜻하다. 차다고 원망할 필요가 없다. 그것을 그대로 받아들이면 된다. 어제만 해도 그렇다. 지금보다 1시간 전인 새벽 1시 20분에 페이스북에 음력 생일임을 알렸다. 그랬더니 바로 축하 댓글이 올라왔다. 하루 동안 50여 개 이상 격려와 함께 축하 메시지를 받았다.

　똑같은 글을 현재 가입한 4개 밴드에도 올렸다. 대전의 형님, 사촌 동생, 제수씨 등도 축하를 해 주었다. 고등학교 동기, 군대 동기, 내가 직접 만든 밴드 멤버들도 마찬가지였다. 중국에 계신 큰집 형님도 댓글을 남기셨다. 점심은 출판사를 하는 후배와 미역국을 함께 먹었다. 오후에는 7번째 에세이집을 내준 출판사에서

케이크를 보내와 논설위원실 식구들과 나눠 먹었다. 꽃도 배달이
왔다.

　역시 피날레는 가족. 아내와 아들 녀석이 여의도 회사 근처로
나왔다. 나와 아내는 스파게티, 아들놈은 닭 요리를 시켰다. 레스
토랑 직원들에게 농담조로 생일이라고 했다. 축하한다며 와인
석 잔을 서비스로 주었다. 계산을 하고 나올 때쯤에는 자그마한
케이크까지 가져 왔다. 촛불을 켜고 셋이서 소원을 빌었다. 이쯤
이면 최고의 생일을 맞이한 셈이다. 그래서 페북에 마지막 글을 올
렸다.

　"오늘만 같아라."

며느리 사랑

27살짜리 아들 녀석이 하나 있다. '커피왕'을 꿈꾸며 커피 관련 사업 경험을 쌓고 있다. 놈의 전공은 컴퓨터 공학. 3~4년 뒤 창업을 했으면 한다. 월급쟁이는 나로서 족하다고 생각해서다.

언젠가 우리 부부도 며느리를 보게 될 텐데. 착한 아가씨가 있으면 예사로 안 보인다. 괜히 한두 마디 건네다 아내에게 '늙은이가 주책맞다'는 핀잔을 듣기도 한다. 솔직히 참하고 표정이 밝은 아가씨를 보면 며느리를 삼고 싶은 생각이 든다. 나만 그런 것이 아니라 요즘은 아내도 그렇단다.

놈에게는 23살짜리 원숭이띠가 좋다고 한다. 나와 아내도 네 살 차이. 아들 녀석은 벌써부터 시아버지 걱정을 한다. 아빠가 며느리에게도 전화를 자주 하고, 카톡이나 메시지도 뻔질나게 보낼 것이라고 걱정한다. 딸이 없는 우리 부부에게 며느리가 들어오면 얼마나 예쁘겠는가. 놈의 짝이 누가 될지 정말 기대된다.

나의 하루 일과

매일 새벽 두세 시쯤 일어나 글을 쓴다. 오늘 역시 페이스북에는 올렸다. 행여 밴드 멤버들의 취침을 방해할까 봐 시간을 조절한다. 함께 나누자고 한 일이 폐를 끼쳐서는 안 되기 때문이다. 새벽에 글을 올리지 않으면 궁금해하는 분들도 있다. "어제 과음하셨습니까?"라고 묻는 분들이 가장 많다. 아무리 술을 마셔도 그 시간에는 일어난다.

10년 정도 같은 생활 패턴을 유지하고 있다. 어제 역시 밤새 '안녕'했다. 오늘 낮에는 광화문에 나간다. 고교 1년 선배인 김&장 소속 변호사님과 점심을 하기로 했다. 서울지검 공안1부장을 지내고 바로 로펌으로 옮긴 선배다. 검찰 역사상 초유의 일이었다. 검사장은 따놓은 자리인데 그것을 마다했다. 김진태 검찰총장, 채동욱 전 총장과 사시 24회 동기다. 인품으로 볼 땐 그분들 못지않다.

내일과 모레는 쉰다. 이번 주는 일요일 근무. 하루를 즐겁게 시작합시다.

난는 영원한 작가를 꿈꾼다

인생관

사람마다 이기심이 있다. 자기가 하면 로맨스요, 남이 하면 불륜이라는 것과 다름없다. 특히 인사가 그렇다. 자기가 꼭 될 줄 알았는데 남이 되면 배 아파한다. 그런 마음이 조금도 없다면 그 사람은 성인이다. 그러나 인생을 길게 보면 답이 나온다. 어떤 일에 일희일비—喜—悲할 필요가 없다.

보통 사람들이 어떤 자리에 지원할 때 '나 정도면 되겠지'하고 기대를 건다. 그런데 나만 그런 것이 아니다. 모든 사람들이 똑같다고 보면 된다. 따라서 그 자리에 가지 못하더라도 서운해 하지 말라. 나와 똑같은 사람이 갔다고 보면 서운함도 풀리는 법이다. 그 대신 와신상담을 해야 한다. 속으로 삭이면서 실력을 쌓으라는 얘기다. 준비되지 않은 사람에겐 기회가 오지 않는다.

2년 전 서울신문 사장에 도전했다가 실패한 뒤 터득한 지혜다. 남을 미워하면 안 된다. 인생은 계속 진행형이다. 그런 만큼 도전을 멈추지 말라.

출판의 실상

  7번째 에세이집이 나온 지 한 달 넘었다. 지난 달 20일 출판사 측으로부터 초판을 넘겨받았었다. 짧은 기간이지만 과분한 사랑도 받았다. 우선 전국의 독자들께 감사드린다. 정말 책을 읽지 않는 시대이기 때문이다. 책을 내시는 분들께 참고가 될 것 같아 실상을 소개한다. 지인들이 책을 볼 것이라고 판단하면 오산이다. 그것은 애초부터 기대를 하지 말아야 한다. 술과 밥은 같이 먹어도 책까지 사라고 하면 결례다.

  나만 해도 그렇다. 우선 페친들이 1,900명 가까이 된다. 페친 가운데 1% 정도 책을 보셨을 거라고 본다. 고교 동기 밴드 230명. 내 책을 본 친구들은 10명 안팎 될 것이다. 우리 사촌 형제 밴드 회원 20명. 고작 1명이 봤다. 보지 않은 분들에게 서운한 것이 아니라 본 분들이 고맙다. 많은 분들이 말로는 보겠다고 한다. 그러나 확인할 수도 없다. 이런 사정을 감안하고 책을 내야 한다. 출판사가 무명작가들의 출판을 꺼리는 이유다. 오는 28일 독자들과의 만남. 그런 분들은 섬겨도 모자라지 않다. 출판계에 해 뜰 날을 기대해 본다.

또 다른 만학도

대경대 만학도들과 인연을 몇 차례 쓴 적이 있다. 다섯 분 모두 졸업하셨다. 50~60대의 가정주부로 모두 성품이 좋으시다. 네 분은 대구, 한 분은 울산에 사신다. 경제적으로도 부족함이 없는 분들이다. 남편들이 중소기업 사장, 회사 중역, 병원장 등으로 계신다. 물론 대학을 졸업하고, 한참 뒤 전문대학에 다시 들어오셨다. 요리를 배우기 위해서였다.

그분들과 3월 14일(금) 만나기로 했다. 대구에서 차를 가지고 나를 데리러 경산까지 오시겠단다. 고맙지 않을 수 없다. 그들과 정도 많이 들었다.

나와 또래가 비슷해 말도 잘 통했다. 이번 학기에도 그들 같은 만학도가 또 있을지 모르겠다. 그날은 대구에서 올라오다 대전에 들러 고등학교 친구들을 만난다. 두 달 전쯤 약속을 했다. 몇 명이 되든지 그냥 보자고 했다. 일단 약속을 하면 지키는 것이 맞다. 약속은 삶의 활력소가 되기도 한다. 만나는 날까지 설렘이 계속되기 때문이다.

우리 아들

'합격'이란 말은 언제 들어도 반가운 소식이다. 어제 저녁 커피숍에서 아르바이트를 하고 있는 아들 녀석이 카톡을 보내왔다. 롯데 사내 채용에 합격했다는 것. 놈은 엔제리너스에서 시간제 아르바이트를 하고 있다. 밑바닥부터 배워 '커피왕'을 실현하기 위해서다. 3월 3일부터 알바생에서 정식 사원이 된다.

1주일간 연수를 한 뒤 바로 현장에 투입된다고 한다. 녀석의 전공은 컴퓨터 공학. 군을 제대한 뒤 바리스타 자격증을 따고 커피숍 알바를 하기 시작했다. 처음에는 말렸으나 놈의 의지가 워낙 굳건해 그대로 따르기로 했다. 그러려면 제대로 배워 '커피왕'이 되라고 했다. 이제 첫발을 내딛은 셈이다. 2~3년 안에 자기 사업을 시킬까 한다. 월급쟁이는 나로서 족하다고 생각한 부분도 있다. 놈이 자립하기까지 매제가 좀 도와주겠다고 한다. 녀석의 고모부. 일찍이 사업을 해서 큰 성공을 거두었다. 녀석도 고모부처럼 됐으면 하는 게 우리 부부의 바람이다.

놈이 알바를 끝내고 집에 11시 30분쯤 왔다. 그래서 박수를 쳐 주었다. 힘껏 포옹도 했다. 일찍 자는 나도 어젠 녀석의 귀가를 기다렸다. 아내 역시 좋아했다. 모처럼 일가족이 웃을 수 있는 밤이었다.

나는 영원한 작가를 꿈꾼다

나의 바람

　개강이다. 3월 7일 올해 첫 강의. 경산까지 내려가야 한다. 아침 7시 KTX를 타고 동대구까지 간 뒤 무궁화 열차로 갈아탄다. 동대구역에 9시 도착, 9시 8분 열차로 환승하면 경산역에 9시 18분에 도착한다. 학교에서 경산역까지 차를 보내준다. 대경대학에 도착하면 9시 45분 전후. 총장님 방에 들러 차 한 잔을 한 뒤 10시부터 두 시간 강의를 한다.

　학교 안에 있는 42번가 레스토랑에서 점심 식사. 서울에 올라올 때는 동대구역까지 데려다 준다. 1시 47분 열차를 이용하는데 서울역 도착은 오후 3시 42분. 지하철을 이용해 집에 도착하면 4시 15분쯤 된다. 학기 중 나의 하루 스케줄이다. 학기당 강의 차수는 15회. 중간 고사 때 하루 휴강을 한다. 그러니까 대구엔 14번 내려가는 셈.

　대경대라고 하면 잘 모른다. 김우빈과 아이돌 그룹 인피니트가 나온 학교라면 고개를 끄덕인다. 2~4년제 직업 전문대학. 철저히 직업 위주로 교육을 시킨다. 내 담당은 교양 과목. 인문학 강의를 한다. 젊은이들을 가르칠 수 있는 것도 행운이다. 좋은 교수로도 기억되고 싶다.

나는 영원한 작가를 꿈꾼다

문상

    시골 초등학교 친구 어머니가 돌아가셔서 대천에 다녀왔다. 올해 89세. 호상인 셈이다. 서울에서 초등학교 동창 네 명이 만나 함께 내려갔다. 오후 4시 서울을 출발했는데 6시 정각에 도착했다. 서해안 고속도로가 밀리지 않았다. 병원에서 1시간 머무른 뒤 7시에 출발했다. 올라올 때는 차가 조금 밀려 집까지 오는데 2시간 40분 걸렸다.

    상가는 품앗이 성격이 강하다. 내가 다녀와야 남도 온다. 나는 가지 않으면서 남이 오기를 바란다면 계산적으로 볼 수밖에 없다. 더러 예기치 않은 문자가 온다. 거의 만난 적도 없는데 부음을 알려오는 것이다. 이런 경우 무차별로 메시지를 보내는 것. 와도 그만, 안 와도 그만이라는 생각과 다르지 않다. 솔직히 불쾌한 구석도 있다.

    사람 사는 게 똑같다. 자기가 한 만큼 거둔다. 애경사를 잘 챙기는 것도 미덕이다.

건강검진

내일은 인하대 병원에서 종합검진을 받는다. 회사 측이 사원에게 제공한 것. 건강검진도 이처럼 반강제적이 아니면 그냥 지나치기 쉽다. 시간을 내기 어려운 데다 '괜찮겠지' 하는 안일한 생각을 뿌리치고 싶어서다. 사실 종합검진만 해마다 받아도 큰 병에 걸리지 않는다. 웬만한 병은 잡아낼 수 있기 때문이다. 예방이 최선임은 두말할 필요가 없다.

50이 넘었는데 건강검진을 한 번도 받아보지 않았다고 자랑하는 사람들이 있다. 이들이야말로 어리석기 짝이 없다. 자랑할 것이 따로 있지. 건강은 과신해서도, 자랑해서도 안 된다. 자기 몸은 자기가 제일 잘 안다. 조금이라도 이상이 있으면 바로 병원에 가야 한다. 병원을 가까이 해서 나쁠 것이 없다. 오히려 권장하고 싶다.

대장내시경은 4월 1일. 내일은 위내시경과 다른 검사만 한다. 그동안 종합검진을 따로 받았는데 회사 측 병원을 선택한 것. 아침 7시 30분 예약을 했다. 집에서 6시 30분쯤 출발할 예정이다. 경인고속도로 맨 끝에 병원이 있다. 건강을 미리미리 챙기시기 바란다.

바보를 도와준 분께

　입원 환자가 있는 가정에서 경험했을 것이다. 보험이 적용되지 않는 분야가 있다. 특진비, 상급병실 사용료, 간병인 비용이다. 이 중 가장 부담이 되는 항목이 간병비다. 특히 24시간 간병인을 쓰면 부담이 만만치 않다. 병원비보다 훨씬 많이 나온다. 내일 퇴원하시는 장모님도 4개월 동안 병원에 계셨다. 고관절이 부러져서 입원하는 날부터 24시간 간병인을 썼다.

　하루 7만 원씩. 월급쟁이들에게는 부담이 되지 않을 수 없다. 생돈이 들어가기 때문이다. 장모님 병원에 들렀다가 간병비 때문에 형제들끼리 말다툼하는 경우도 봤다. 부모님 병원비라고 해도 더 내고 싶어 하는 자식은 드물다. 한 푼이라도 덜 내고 싶어 한다. 그것이 사람의 심리다.

　뜻밖에 아는 분이 도움을 주셨다. 나도 그렇지만 아내와 장모님이 더 고마워하신다. 남편의, 사위의 사정을 익히 알고 있어서다. 살다 보면 이처럼 은혜를 입을 때도 있다. 내가 더욱 열심히 살아야 하는 이유이기도 하다. 그분께 고마움을 전한다.

인세

7권의 에세이집을 내면서 자주 듣는 질문이 있다. "책 좀 팔려요?", "인세 많이 받나요?" 등등. 솔직히 내 책이 몇 권이나 팔리는지 잘 모른다. 출판사도 정확한 집계가 어려운데 저자가 알 리 없다. 인터넷 서점과 오프라인 서점에 깔려 있어 파악이 쉽지 않은 것도 사실이다. 일찍이 인세를 생각하고 책을 내지 않았다.

관심이 아주 없다고 하면 거짓말이고, 신경을 쓰지 않는다. 지금까지 내가 손에 쥔 인세는 1,000여만 만 원 정도가 될 듯하다. 주면 받고 안 줘도 그만이라고 생각한다. 반면에 책을 낸 뒤 쓴 비용은 두 배를 훨씬 넘는다. 아내가 책을 내지 말라고 말리는 이유이기도 하다. 책을 내면 모든 분들이 고맙다. 편집자는 물론 추천사를 해주신 분 등 인사를 할 분들이 많다. 점심 식사나 소주 한잔으로 인사치레하고 있다.

"요즘 라면 값은 법니다."

그분들께 부담을 드리지 않기 위해서 하는 말이다. 그래도 책을 낼 수 있다는 게 고맙고 행복하다.

개똥철학

드디어 이번 학기 첫 강의다. 강의 제목은 '행복학'. 행복, 내가 가장 자주 쓰고 좋아하는 말이기도 하다. 그동안 펴낸 책 제목에도 여러 번 들어갔다. 삶이 행복한 이유, 그래도 행복해지기, 천천히 걷는 자의 행복, 그곳에는 조금 다르게 행복한 사람들이 있다 등 4권이나 된다. 이쯤 되면 '행복 전도사'라고 부를 만할 것이다. 그렇다면 나는 과연 행복한가?

'그렇다'고 말할 수 있다. 행복하지 않으면서 '행복학'을 강의한다면 어불성설이다. 강의 제목은 내가 정한 게 아니라 학교 측이 정했다. 인문학을 접목해 달라는 부탁도 함께 했다. '인문학'이란 무엇인가. 내가 생각하는 인문학은 소위 언론 등에서 말하는 인문학과 다르다. 옛날 성현 말씀이나 고전, 문학 등을 소개하는 그것이 아니다. 나는 삶 자체를 인문학, 행복으로 보고 있다. 지금 바로 우리가 살고 있는 삶이다.

나는 형식을 파괴한다. 대신 변함없이 추구하는 것이 있다. 성실, 정직, 겸손, 부지런함이 그것이다. 한 학기 내내 같은 말을 강조한다. 내 강의의 키워드라고 할 수 있다. 지금까지 살아오면서 터득한 바다. 행복은 자연스럽게 따라온다. 개똥철학이라고 해도 좋다. 우리 인간은 모두가 철학자다.

페이스북

"너무 사생활을 노출시키는 것 아닙니까?"

페이스북을 하면서 자주 듣는 질문이기도 하다. 미주알고주알 다 올린다고 하는 사람도 있다. 관점이 달라서 그럴 게다. 사실 나는 거의 있는 그대로를 옮긴다. 내가 말하는 삶을 공유하기 위해서다. 나와 남이 다르지 않다고 생각하기 때문이다.

그런데 나를 '외계인'으로 보는 시각도 있다. 보통 사람들이 생각하는 것과 다르다는 얘기다. 그렇다면 페이스북을 그만두어야 할까? 가식이 섞인 글이라면 단연코 반대한다. 아무리 짧은 글이라도 진정성이 담겨야 한다. 학생들을 가르치는 입장에서 가식이란 있을 수 없다. 그래서 페이스북에 나의 24시간이 완전 노출된다고 해도 과언이 아니다.

내가 정직하지 못하다면 그들이 나에게서 무엇을 배울 수 있겠는가. 페이스북 역시 마이웨이다. 지금처럼 계속 가련다.

서울신문 사장 재도전

일요일 근무여서 조금 일찍 회사에 나왔다. 지인과 점심을 하기로 했다. 80년대 후반부터 알고 지내는 분이다. 연세는 70대 초반. 나의 청춘부터 중년이 된 지금까지 쭉 봐오셨다. 가끔 회사에 오셔서 점심을 함께 한다.

오늘은 여의도 쪽 식당이 대부분 문을 닫아 중국집에 갔다. 나는 삼선 짬뽕, 그분은 자장면을 시켰다. 그분이 "이제 잘되어야 하는데. 요즘 뭐 좋은 소식 없어요?"라고 물으신다. 무엇을 바라서가 아니라 내가 잘되기를 진심으로 기대하는 분이다. "네. 열심히는 살고 있습니다."라는 말이 그분에게 전해드릴 수 있는 유일한 대답이다.

좋은 자리 마다할 사람이 있겠는가. 그러나 때도 맞아야 하고, 운도 따라야 한다. '운7 기3'이라고 했다. 특히 50대를 넘으면 운이 절대적이다. 나의 꿈이 있다면 서울신문 사장에 재도전하는 것. 친정이기 때문에 그곳에서 마지막 꽃을 피우고 싶은 심정이다. 과연 그런 기회가 다시 올 수 있을까?

한 주 스케줄

초저녁에 잤더니 실컷 자고 일어나도 12시 30분이다. 9시가 조금 못 된 8시 30분쯤 잤다. 아무 때고 그냥 졸리면 잔다. 또 한 주의 시작이다. 이번 주에는 저녁 약속이 많다. 몰려 있다고 할까? 저녁은 가급적 하지 않는 편인데 피할 수 없는 모임들이다. 먼저 화요일. 대학 시절부터 알고 지내는 선배와 여의도에서 소주 한 잔 한다. 30년을 넘긴 인연이다. 가끔 점심을 하는데 저녁은 처음이다.

목요일 저녁은 지하철 9호선 사장님, 김대중 전 대통령 주치의님과 모임. 셋이서 저녁도 종종 하고 운동도 더러 한다. 인품이 아주 좋은 분들이다. 금요일은 바쁜 하루가 될 것 같다.

먼저 대경대 강의. 강의를 마친 뒤 올해 졸업하신 이 학교 만학도들을 만나기로 했다. 아마 대구 시내로 나가 점심을 하지 않을까 싶다.

대전으로 올라와 KT 임원으로 계신 폐친을 뵐 예정. 저녁 7시에는 대전 지역 고교 친구들을 만난다. 몇 명이나 볼지는 모르겠다. 단 한 명이라도 좋으니 약속을 잡았다. 밤늦게 서울 도착 계획. 과음은 금물. 매번 다짐해도 잘 지켜지지 않아 걱정이다. 언행일치라 했거늘.

페이스북 친구

페이스북 친구가 부쩍 늘었다. 10일 현재 2,200명. 소통을 하고
자 한 친구들께 감사드린다. 나에게 페이스북은 정말 고마운 존재다.
지금 몸담고 있는 파이낸셜 뉴스 논설위원도 페친의 도움으로 들
어왔다. 2012년 10월 4일부터 출근했으니 1년 반이 다 되어간다.

7번째 에세이집 '그곳에는 조금 다르게 행복한 사람들이 있다'
는 여러 번 말씀드린 대로 페이스북에 올렸던 글이 책으로 나온 것.
그 덕에 전국의 독자들로부터 격려의 메시지도 많이 받고, '저자와
의 만남' 행사도 가졌다. 나에게는 잊을 수 없는 추억들이다.

페이스북을 대하는 태도가 사람마다 다를 것이다. 장난삼아 글을
올리는 사람도 본다. 그들을 탓할 생각은 없다. 열린 공간이니 만큼
어떤 글을 올려도 자유다. 다만 눈엣 가시처럼 보여서는 곤란하다는
생각이 든다. 나는 진정성을 담으려고 노력한다. 있는 그대로를 옮
기는 게 그것이다. 나와 페이스북. 떼려야 뗄 수 없는 관계.

나는 영원한 작가를 꿈꾼다

출판기념회

4년 전 이맘때쯤 출판기념회를 한 적이 있다. 정확히 2010년 4월 15일이다. 4월 15일은 내 양력 생일날. 그 당시 많은 사람들은 내가 지방선거에 출마하는 줄로 착각했다. 올해처럼 지방선거가 있는 해였다. 잘 알다시피 지방선거 90일 전에는 출판기념회를 할 수 없다. 장소 역시 프레스 센터에서 했기 때문에 오해를 살 만도 했다. 그러나 선거와는 전혀 무관한 행사였다. 글쓰기를 계속 할 것을 다짐하는 자리였다.

나 자신을 추스르기 위해 그 같은 행사를 했었다. 그 자리에서 약속도 했다. 앞으로 정치국회의원는 하지 않겠다는 뜻을 밝혔다. 사실 2004년 총선부터 정치 권유를 받기도 했다. 그때마다 감사한 마음만 전달했다. 그래서 가끔 농담도 한다. 정치를 했으면 3선을 했을 것이라고. 다만 책에서 한 가지 꿈을 밝힌 바 있다. 기회가 된다면 고향 보령시장을 한 번 해보고 싶다고 했다. 고향을 위해 봉사하고 싶은 마음에서다.

하지만 나에게 기회가 올 리 없다. 그동안 고향을 위해서 한 일이 없기 때문이다. 고향을 그리워하고 사랑하는 마음밖에 없다. 결과적으로 약속은 지킨 셈이다. 두 번째 에세이집 출판기념회였는데 5권을 더 냈으니까? 가장 중요한 것은 자기 자신과의 약속이다.

어느 후배

"선배님처럼 아름답게 살아가시는 분이 참 드뭅니다. 부럽구요, 존경합니다."

한경와우텔레비전에서 '스타북스' 프로그램을 진행했던 정진욱 앵커가 남긴 댓글이다. 그는 언론계 후배. 한국경제 신문기자를 하다가 프리랜서 앵커를 했다. 요즘은 고향인 광주에서 여러 가지 활동을 하고 있다.

그의 말대로 내가 아름답게 살고 있는 것일까? "정 앵커, 무슨 말씀. 사람마다 사는 방식이 다르지요. 나야 안분지족. 요즘 속 빈 강정처럼 지냅니다."라는 것이 나의 솔직한 답변이다. 마음을 비우고 바보처럼 지내니까 속이 편하다. 부러운 사람도 없다. 내 스타일대로 살기 때문이다.

졸리면 자고, 배고프면 밥 먹고, 누가 만나자고 하면 만난다. 내 입에서 거의 'No'가 나오지 않는 이유일 게다. 모든 것을 초긍정적으로 생각한다. 그러면 두려운 것이 없어진다. 무엇보다 과욕은 금물이다. 명심하자.

정진욱 앵커가 바보에게

오풍연 선배. 서울신문 기자를 국장에 이르기까지 오래 하시고 유력한 사장 물망에도 오르셨다. 지금은 다른 신문사의 논설위원으로 글을 쓰시면서 대학 강의와 강연을 하신다. 특이한 이름만큼이나 특별한 분이다.

이분을 만나면, 무엇보다 겉과 속이 한결같다. 말씀하시고 행동하시는 그대로를 보여주는 분이다. 맑다. 꾸밈이 없어서 외려 당황스럽다. 그러나 거기에 어떤 더함도 보탬도 없으니 곧 큰 믿음과 통함이 절로 생긴다. 사람을 대하는 그 진실함도 자연스럽고 편안하다.

오 선배님은 하루에 적어도 한 편씩의 글을 쓰신다. 장편. 손바닥 글. 손바닥에 들듯 짧으면서도 세상 이치와 인생과 사랑과 감동이 담긴 글이 그분의 장편이다. 그렇게 모인 글이 책이 어느덧 책이 된다. 언제 읽어도 맘을 가득 채운다. 그 책 속에 등장하는 인물들과 나눈 정성과 사랑의 이야기는 다른 세상의 일처럼 놀랍다.

우리가 어떤 한 인물을 상찬하는 때는 조금의 보탬과 가식이 있게 마련이다. 그러나 오풍연 선배님에 대해 적을 때 나는 떳떳하다.

다른 사람들도 마찬가지이리라. 본인이 안분지족하고 있다고 하시면, 진실로 안분지족하고 있는 것이다. 그러나 아무것도 안 하는 안분지족이 아니다. 사람들에게 감동을 주고 격려하면서 가는 곳마다 사람의 향기를 진하게 드리우는 흔적 많은 안분이요 지족이다. 그분의 삶과 말과 글이 그것을 보여준다. 우리가 욕심 없이 살고 싶다고 할 때의 딱 그 모습 그대로다.

도회에서 살면서 귀거래를 이룬 오 선배님과 짧은 대화를 페북에서 나눈다. 그것을 서로의 페북에 공개해서 드러나게 하는 것이 누구에게는 자칫 오그라드는 것일 수도 있고 때로는 폐를 끼치는 것일 수도 있다. 그러나 오 선배에게는 해당되지 않는다. 있는 그대로 쓰는 일이기에 거칠 것이 없다.

그분 품에 안겨 어리광이라도 부리고 싶은 맘으로, 이것은 후배의 특권이나 나는 그렇게 잘 못 한다, 존경한다고 고백해본다. 닮고 싶어서다. 저 경지에 언제 오를지 까마득하기 때문이다. 그래서 부럽다. 더욱 존경스럽다. 오풍연 선배를 인생에서 만난 것은 내 자랑이다. 소곤소곤 알리고 싶은 가난하고 겸손한 자랑이다.

나는 영원한 작가를 꿈꾼다

기록은 습관

2000년대 초, 청와대 출입기자 당시 수석을 지낸 언론계 선배가 전화를 해서 "자네 소식은 잘 듣고 있네. 페이스북도 열심히 하고, 바쁘게 산다며?"라고 인사를 건넸다. 그 선배의 말처럼 이제는 페이스북이 내 삶의 영역이 된 듯하다. 가까이 하는 것은 사실이지만 페이스북에만 매달리지는 않는다.

시간 날 때마다 단상들을 일기 형식으로 남긴다. 거의 하루도 빠짐이 없으니까 다른 사람들 눈에는 그렇게 비치는 것 같다. 아무리 머리가 좋아도 기록을 하지 않으면 잊어 먹는다. 나는 그런 점에서 기록이 생활화되다시피 했다고 보면 된다. 1986년 신문사에 입사한 이후부터 썼던 취재노트를 한 권도 버리지 않았다. 수첩과 탁상용 캘린더도 그대로 보관하고 있다. 인간 '오풍연'의 역사라고 할 수 있다. 그것을 보면 나의 흔적을 느낄 수 있다.

오늘은 내가 고문으로 있는 세무회계법인 '오늘'의 한영식 대표와 점심을 한다. 그는 나의 대전고 친구. 세무대학을 나와 현장 경험을 쌓은 뒤 개업했다. 늦게 알았지만 아주 진실한 친구다. 현재 두 회사의 고문을 맡고 있다. 또 하나는 철강회사. 내가 자청했다. 회사를 알리는데 조금의 보탬을 드리기 위해서다. 오늘 아침도 이 같은 기록을 남긴다.

박지원 의원과의 인연

민주당 박지원 의원이 전남지사 불출마 선언을 했다. 정치적 결단이자 용기가 돋보인다. 언행일치 정치인의 표상이 될 것 같다. 사실 전남 지역에서 그의 인기는 타의 추종을 불허한다. 마음만 먹으면 전남지사는 따 놓은 당상인데도 포기하는 것은 결코 쉽지 않았을 터. 내가 박 의원을 처음 본 것은 그가 문화체육부 장관을 할 때다. 99년쯤 될 듯하다. 당시 한나라당 반장이었는데 야당 기자들을 초청해 저녁을 했다. 인사만 나눴기에 그도 나도 서로 잘 알 리 없었다.

박 의원과 본격적으로 만남을 가진 것은 그가 청와대 비서실장으로 와서다. 나는 전체 기자단 간사를 맡고 있었기에 자주 만날 기회가 있었다. 지금까지 인연을 이어오고 있다. 내 첫 번째 에세이집 '남자의 속마음' 추천사도 그가 써 주었다. 나는 지금도 그를 '실장님'으로 부른다.

어제도 간단히 메시지만 주고받았다. "잘 결정하셨어요. 더 큰 정치를 하셔야죠. 계속 성원합니다."라고 메시지를 보내니 얼마 후 "감사합니다. 페북에서 소식 살핍니다."라고 답장이 왔다. 박 실장님과는 페친이기도 하다. 그의 앞날에 건승을 기원한다.

작가론

　요 며칠째 페이스북에 들어오면 내가 쓴 책의 광고를 볼 수 있다. 그것도 두 권이나 올라 있다. 하나는 2011년 4월 펴낸 '사람풍경 세상풍경북오션'. 또 하나는 최근 출간한 '그곳에는 조금 다르게 행복한 사람들이 있다에이원북스'. 모두 인터파크 도서에서 올린 스폰서 광고다. 나는 무명작가. 유명 작가들의 책과 함께 소개돼 있다. 어떤 기준으로 책을 선정했는지는 모르겠다. 어쨌든 기분은 좋다.

　그러나 광고를 한다고 독자들이 찾지 않는다. 물론 하지 않는 것보다는 효과가 있을 것이다. 가장 고마운 분은 내 책을 읽어주는 사람들이다. 장편 에세이다 보니 글의 분량이 짧다.

　한 페이지에 에세이 1개씩이다. 그래서 성경책처럼 본다는 분들도 있다. 잠이 오지 않을 때 한두 장씩 읽는다고 했다. 나에게는 최고의 찬사다. 작가는 항상 독자를 목말라한다.

　나에게도 고정 독자가 조금은 있다. 책을 낼 때마다 격려해 준다. 고마운 마음을 이루 표현할 수 없다. 독자가 없으면 작가의 설 땅도 없다.

행복학 강의

지난 7일 '행복학'에 대해 첫 강의를 했다. 내일이 두 번째 강의. 아직 어린 학생들이기에 행복의 진정한 의미를 알 리 없다. 사실 행복의 정의를 내리기도 쉽지 않다. 주관적이기 때문이다. 행복을 싫어할 사람은 없다. 누구든지 행복해지고 싶어 한다. 돈이 있다고, 많다고 행복할까? 반드시 그렇진 않다고 본다. 물론 있는 사람이 없는 사람보다 행복지수가 높을 것이다.

카카오톡에 나의 일주일 사는 모습을 올렸다. 학생들이 어떻게 생각하고 느낄지 모르겠다. 그래서 내일은 질의응답 형식으로 강의를 진행하기로 했다. 함께 참여하는 강의 방식이 좋다. 그러나 질문을 하라고 해도 하지 않는다. 이번 학기는 일방적인 강의보다 토론 형식으로 진행할까 한다. 진정 행복이 무엇인지 그 의미를 깨달았으면 좋겠다.

행복학을 강의하면 나도 더 행복해질 것 같은 느낌이 든다. 지금보다 훨씬 활기차게 생활할 것이다. 새벽마다 글을 쓰면서 그것을 느낀다. 그러면 행복이 찾아오지 않을까? 행복은 자기가 만드는 법이다.

불쌍하게 비치는 그들

가진 사람이 인색한 것은 흔히 볼 수 있다. 나에겐 그들이 더 불쌍하다. 돈에 살고 죽는 사람들이다. 여의도 회사 근처 사우나에서 이발을 한다. 올해 일흔 살이신 이발사와 친해졌는데 모레까지만 일을 하신단다. 빌딩 주인에게 쫓겨 나가는 것이다. 사연을 들어보니 월 임대료 때문에 빚어진 일이었다.

손님도 그다지 많지 않은 편인데 10여 년 동안 월 110만 원씩 냈다고 한다. 지금까지 모두 1억 4,000만 원 정도 주인에게 건넸다는 것. 적지 않은 돈이다. 문제는 다른 곳에 비해 임대료가 턱없이 비쌌다. 이 정도 규모면 월 40~50만 원이 적당하다고 했다. 말하자면 주인이 폭리를 취한 셈이다. 이발사가 항의하니까 주인 측도 주변 시세를 알아봤다고 한다. 주인 측이 30만 원만 깎아준다고 해서 아예 그만두기로 했단다. 위로금 600만 원이 전부라고 했다. 주인이 빌딩에서 받는 월 임대료만 1억 5000만 원.

이발사에게 얼마든지 편의를 봐줄 수 있는데도 가진 자의 횡포를 부렸다. 자세한 얘기를 들어본 결과 정말 나쁜 사람이었다. 이발사에겐 그런 것이 아니라 모든 세입자에게 그랬다. 이 주인도 밖에 나가선 다른 얼굴을 할 터. 이발사와 헤어지는 것이 무척 아쉽다.

하루 동선

오늘은 동선이 바쁘다. 서울역에서 7시 KTX를 타고 대구에 내려간다. 강의는 10시부터 두 시간. 대경대를 졸업하신 만학도 어머니들과의 점심은 뒤로 미뤘다. 어머니 다섯 분 가운데 두 분이 일이 생겼단다. 기왕이면 모두 보자고 말씀드렸다. 매주 금요일 강의 차 내려가니까 다른 날에 뵈면 된다.

서울에 오다가 대전에 내려 두 개 일정을 소화할 계획. 먼저 KT 상무로 계신 페친을 만나기로 했다. 5시 30분쯤 사무실로 찾아뵙겠다고 약속했다. 시간이 되면 그전에 대전지검 차장검사를 만나볼까 한다. 내가 법무부 정책위원을 할 때 정책단장을 했던 분이다. 아주 유능한 검사다. 그분 역시 페친이다.

이어 저녁 7시에는 대전고 친구들을 만나 대포 한잔하기로 했다. 몇 명이나 나올지는 모르겠다. 대전 지역 친구들과는 첫 만남이다. 7번째 에세이집 출간을 축하하는 자리다. 서울에 올라오면 자정쯤될 듯하다. 그래도 이처럼 반겨주는 지인과 친구들이 있으니 행복하지 않은가. '행복학'을 실천한다고 할까?

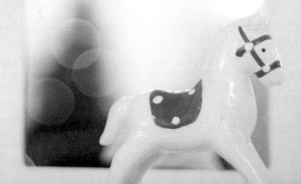

대전고 친구들

정말 오랜만에 대전 친구들을 만났다. 1979년 고등학교 졸업 이후 처음 보는 친구도 적지 않았다. 당시 대전고는 문과 5반, 이과 7반이었다. 졸업생 720명 가운데 대전 지역에는 200여 명 산다고 했다. 서울 지역에 더 많다. 서울로 학교를 많이 온 까닭이다.

세월은 속일 수 없었다. 모두 늙어가고 있었다. 하지만 서울 친구들보다 머리숱이 많았다. 상대적으로 덜 고된 삶을 살았다고 할까? 어제도 똑같은 말을 했다. 죽지 않으니까 만날 수 있다고. 그리고 오래 살자구. 고등학교 동기들이 점점 좋다. 나만 그런 것 같지 않았다. 다른 친구들도 고교 친구가 제일 좋단다. 예전보다 모임에도 얼굴을 많이 비춘다. 나이가 들어가는 증거로 본다.

고교 친구는 우선 편하다. 언제 만나도 옛날 그 시절로 돌아간다. 이젠 할아버지들도 적지 않다. 며느리, 사위를 봐서다. 나도 그 대열에 합류할 터. 최근 들어 고교 친구들의 모임이 부쩍 잦아졌다. 삼삼오오 자주 만난다. 기분 좋게 아침을 맞이한다.

책에 유독 인색한 이유

어젠 고교 친구들에게 책 사인을 해 주었다. 나의 7번째 에세이집. '그곳에는 조금 다르게 행복한 사람들이 있다'를 10여 명이 모두 서점에서 책을 사 가지고 왔다. 게다가 나를 위해 출간기념회까지 해 주었다. 고맙지 않을 수 없다.

이번 책을 낸 뒤 누구에게도 책을 주지 않았다. 딱 한 분. 손주환 전 서울신문 사장님께만 1권 보내드렸다. 그럴만한 이유가 있다. 그냥 주면 읽지 않기 때문이다. 내 돈을 주고 사야 목차나 머리말이라도 들여다본다. 따라서 책을 읽어주는 분들이 가장 고맙다. 한 분의 독자를 위해 지방행도 마다하지 않는다. 독자의 정성을 생각해서다.

이제는 8권째 집필을 하고 있다. 역시 그 공간은 페이스북이다. 언제쯤 책이 나올지는 모른다. 올해 말이나 내년 초쯤 되지 않을까 생각한다. 내가 희망한다고 펴낼 수는 없는 일. 출판사 측이 원고를 받아줄지는 알 수 없다. 나의 글쓰기는 진행형이다.

나는 영원한 작가를 꿈꾼다

쥐띠 클럽

'쥐띠 클럽'에 초대를 받아 가입했다. 이름하여 'G 60'. 선진국 클럽인 'G 20'에서 따왔단다.

쥐띠인 60년생들의 모임이다. 이제 가입한 지 이틀 됐다. 그런데도 회원들과 거리감이 별로 없다. 동갑이어서 그런걸까? 나를 초대해준 친구 이외에는 얼굴을 보지 못했다. 어젠 나를 간단히 소개하는 글을 올렸다. 적어도 '나'란 놈이 어떤 놈인지는 알리는 게 필요하다고 생각했다. 그랬더니 여러 친구들이 환영을 해 주었다. 댓글을 달고, 페친 신청도 했다. 좋은 모임이 될 것이라는 예감이다.

요즘 유행어로 표현하면 '느낌 아니까' 여의도에 사무실이 있는 친구도 있는 듯하다. 사실 '개띠' 모임은 많이 들어봤어도 '쥐띠' 모임은 처음이다. 쥐는 부지런하다. 내가 일찍 일어나는 것도 새벽 쥐여서 그런지도 모른다. 내가 태어난 시각은 인시.

지금 시간은 새벽 3시 11분. 오늘은 근무하는 일요일이다. 아니 앞으로 학기 중에는 매주 일요일 근무해야 한다. 그래도 싫지 않다. 남이 놀 때 일하는 또 다른 기쁨이 있다. 인생은 이렇듯 살맛난다.

주례

　지금까지 주례를 14번 섰다. 맨 처음 주례는 2009년. 내 나이 쉰 살 때다. 첫 에세이집도 그해에 냈다. 주례는 봉사로 생각하고 있다. 별다른 약속이 없으면 무조건 OK다. 일종의 재능 기부랄까? 멋진 주례는 아니지만 새로 출발하는 부부를 위해 최선을 다한다. 의외로 주례를 구하지 못해 걱정하는 경우가 많다. 그런 분들에게 도움을 드리고 있다.

　주례를 서면서 보람을 느낄 때도 있다. 신랑 신부가 잘 사는 게 첫 번째다. 2세를 봤을 때도 내 일처럼 기쁘다. 페이스북에도 종종 아기 사진이 올라온다. 내가 부부의 연을 맺게 해준 친구들이 자식을 낳고 사진을 올린 것. 그때마다 "그놈, 아빠를 많이 닮았구나."라고 댓글을 달아준다. 이런 것도 행복 아니겠는가.

　고교 친구들에게도 "정 주례를 구할 수 없으면 나에게 얘기하게. 그냥 달려갈 테니까."라는 약속을 했다. 페친들에게도 마찬가지다. 주례를 부탁하면 기꺼이 달려가겠다. 이것도 인연의 연장이다. 나눔은 실천할 때 진정 빛을 발한다.

나는 영원한 작가를 꿈꾼다

chapter 02

나는
촌놈이다

'바보 오풍연'. 내가 가장 좋아하는 호칭이다. 바보를 자처해서다. 적어도 바보는 정직하다.
내가 바보를 좋아하는 이유랄까? 실제로 바보는 거짓말을 할 줄 모른다. 있는 그대로를
보고, 얘기한다. 나도 그렇게 살려고 노력 중이다.

청와대 간사

어제 역시 초저녁에 잤더니 새벽 1시 기상이다. 너무 일찍 일어났다. 새벽 서너 시가 가장 좋은데. 그래도 어찌하랴. 다시 컴퓨터 앞에 앉아 자판을 두드린다. 내 하루의 시작이기도 하다. 사과 1개를 깎아 먹고 봉지 커피도 마셨다. 둘 다 너무 맛있다.

지난주는 바쁘게 보낸 만큼 이번 주는 조금 쉬려고 한다. 그래서 저녁 약속을 하나도 잡지 않았다. 술도 가까이할 리 없다. 술 마시는 사진을 자주 올리다 보니까 '술꾼'으로 아는 분들도 적지 않다. 단언컨대 그렇지는 않다. 애주가는 아닌데 대주가는 맞다. 한 번 입에 대면 많이 마시는 편이다. 그러나 가급적 덜, 안 마시려고 노력한다. 다른 것은 잘 지키는 축에 들지만, 절주 약속은 깨질 때가 많다. 딱 한 잔만이 여러 잔으로 바뀌기 때문이다.

점심 약속도 하나만 잡았다. 청와대를 함께 출입했던 MBC 기자. 나는 기자단 전체 간사, 그 선배는 방송기자 간사를 했다. 청와대 전체 간사는 통상 종합 일간지 출신이 맡는다. 당시 나는 서울신문 출입 기자였다. 현장을 뛰던 그 시절이 그립기도 하다. 우리는 이제 은퇴를 준비할 단계가 됐다. 세월, 정말 빠르다.

바보 오풍연

　내 이름은 아주 드문 편이다. 아직 '오풍연'이라는 동명이인을 보지 못했다. 오씨가 아닌 다른 성씨도 '풍연'이라는 이름을 쓰지 않는 것 같다. '풍년'은 더러 있다. 나에게 '오풍년'으로 우편물이 더 많이 온다. 포털 사이트 네이버, 다음, 구글 등에도 오풍연은 나 한 명밖에 나오지 않는다. 그래서 특강이나 강연을 할 때도 나를 길게 소개하지 않고 이름을 한 번 쳐보라고 한다. 그 사람이 바로 오풍연이기 때문이다. 공인이 아닌 공인이 된 셈이다.

　이름 덕(?)도 본다. 한 번만 들어도 잘 잊어 먹지 않는다고 한다. 그렇다면 좋은 이름. '바보 오풍연'. 내가 가장 좋아하는 호칭이다. 바보를 자처해서다. 적어도 바보는 정직하다. 내가 바보를 좋아하는 이유랄까? 실제로 바보는 거짓말을 할 줄 모른다. 있는 그대로를 보고, 얘기한다. 나도 그렇게 살려고 노력 중이다. 물론 쉬운 일은 아니다.

　바보로 살려면 먼저 마음을 비워야 한다. 욕심을 버리라는 얘기다. 물욕뿐만 아니라, 자리 등에 대한 욕심도 갖지 말아야 한다. 그냥 물 흐르는 대로 살아야 가능한 일. 오늘 새벽은 '바보 예찬'으로 하루를 시작한다.

나는 촌놈이다

봄이 온 것 같다. 낮에 그다지 졸지 않는 편인데 최근 들어 부쩍 나른해짐을 느낀다. 그래서 점심 식사 후 30분가량 의자에서 존다. '춘곤증'이라고 하던가. 잠깐 눈을 붙이면 몸이 가벼워진다. 오늘은 사설 대신 '오풍연 칼럼'을 쓰는 날. 2주에 한 번씩 차례가 돌아온다. 기명칼럼은 논설위원 4명이 돌아가면서 쓴다. 미니 칼럼 'fn스트리트'는 주 1회.

나는 한 달에 한 번 정도 더 쓴다. 그러니까 칼럼만 월 7개 정도 쓰는 셈이다. 그 나머지 날은 대부분 사설을 쓴다. 종합지의 경우 논설위원들이 사설이든, 칼럼이든 이틀에 한 번 꼴로 쓰는데 이곳 경제지에서는 거의 매일 쓰다시피 한다. 사람이 적기 때문이다. 회사에 나와 글을 한 개라도 쓰는 것이 낫다. 그래야 시간도 잘 간다.

에세이집은 새벽에 일어나 집필한다. 지금까지 7권의 에세이집을 낼 수 있었던 이유다. 글은 가급적 쉽게 쓰려고 노력한다. 그러다보니 어려운 글은 솔직히 못 쓴다. 의도적으로 그래왔던 것이 굳어져서다. 좋은 우리말을 놔두고 굳이 외래어 등을 쓸 필요도 없다. 어떤 독자들에게서는 내 글이 보리밥에 시래깃국 같다는 말도 듣는다. 촌놈 스타일이라고 할까? 촌놈이 칭찬으로 들린다.

모임

　모임을 하지 않는 사람은 없을 게다. 성인이라면 적어도 1개 이상 모임에 나갈 터. 사람은 혼자 살 수 없기 때문이기도 하다. 인연을 가장 소중히 여기는 나 역시 예외는 아니다. 여러 모임을 하고 있다. 나이를 들면서 점점 많아지니 행복하다고 해야 할까?

　모임은 회비를 걷기 마련이다. 그것 없이는 오래 지속될 수도 없다. 월 회비는 2~5만 원이 적당할 터. 월급쟁이에게 모임이 하나면 몰라도 월 10만 원은 부담스럽다. 연회비는 10~20만 원이 적지 않을 듯싶다. 소속감을 가지려면 회비를 잘 내야 한다. 기본적인 상식이다. 그럼에도 회비에 인색한 사람들이 있다. 나부터 그렇지 않은가 반성해볼 필요가 있다. 뭐니 뭐니 해도 역시 실천이다.

　돈이 많은 사람들은 별로 모임을 하지 않는다. 부족한 것이 없어서 그럴 수도 있다. 그러나 돈을 꿔달라는 사람들이 있어 모임을 하지 않는다고 한다. 아주 속 좁은 사람들이다. 지인 중에도 그런 사람이 있다. 돈이 많은 그들보다 모임이 많은 내가 더 행복하지 않으랴.

새벽 기상

　새벽 두세 시까지 안 주무시는 분들이 의외로 많은 것 같다. 정말 대단한 분들이다. 밤 10시도 넘기지 못하는 나로선 놀라운 대상이다. 나는 정반대로 살기 때문이다. 보통 9시 30분쯤 취침한다. 그때쯤 되면 눈이 저절로 감긴다. 그래서 술을 마실 때도 친구들이 나를 배려해 준다. "풍연이 잠잘 시간이지? 자네 먼저 들어가게."라고 하면서 들어가라고 한다.

　새벽에 일찍 일어나는 이유를 묻곤 한다. 비결은 간단하다. 일찍 잠자리에 드는 것. 어떤 것이 건강에 좋은지는 모르겠다. 새벽 두세 시 기상이 10년 정도 되니까 이제는 몸에 뱄다. 날이 더워지면 새벽 운동을 한다. 보통 4시쯤 나가 50분가량 동네 공원을 걷고 들어온다. 다음 달부턴 그럴 요량이다. 그 상쾌함은 해본 사람만 느낀다. 어제 오후엔 여의도 공원에도 더러 반팔 차림이 눈에 띄었다. 여름이 멀지 않았다는 얘기다.

　봄은 금세 지나간다. 길어야 보름 정도 되는 것 같다. 가는 봄을 붙들지 말고 즐기자. 계절도 즐겨야 제맛이 난다.

나는 영원한 작가를 꿈꾼다

사장 도전기

다른 언론사 선배와 점심을 했다. 2000년대 초반 청와대를 함께 출입했던 기자다. 그 선배가 다니는 회사도 최근 큰 변화가 있었다. 사장도 바뀌고 대폭적인 인사를 단행했다. 말이 많은 회사다. 그 선배 역시 계열사 사장이나 임원을 했어야 하는데 한직에 남아 있다. 그래서 위로도 할 겸 만났던 것.

그 회사의 인사를 보면 제3자가 봐도 화가 나는데 내부 구성원은 오죽하겠는가. 부글부글 끓는다고 했다. 하지만 저항할 힘이 없다. 인사란 게 그렇다. 아무리 불만이 많아도 단행하면 그만이다. 며칠 웅성대다가 가라앉는다. CEO 인사도 다를 바 없다.

나는 2012년 한 차례 서울신문 사장에 도전한 바 있어 그 생리를 잘 안다. 여러 사람들이 이른바 로비를 하라고 했지만 물리쳤다. 지금까지 내가 살아온 원칙을 부정해야 했기 때문이다. 앞으로도 마찬가지다. 서울신문 사장에 또 도전하겠지만 비굴하게 할 생각은 추호도 없다. 내가 생각을 바꾸지 않는 한 그런 기회가 영영 못올지도 모른다. 그래도 부정, 불의와는 타협하지 않겠다. 내가 추구해온 정직하고 공정한 사회는 생각보다 훨씬 멀리 있다.

복도 통신

어느 조직이나 끼리끼리 문화는 있다. 그것이 없어질 수는 없다. 하지만 심하면 문제다. 따라서 지나치지 않다면 용인해야 될 터. 먼저 있던 신문사에 있을 땐 복도 통신이 많았다. 복도에서 끼리끼리 만나 말을 나누고 소식을 만들어내는 것. 물론 정보를 교환할 수 있는 자리가 되기도 한다. 하지만 폐단이 더 많다. 없는 말도 지어내기 때문이다.

사람을 좋아하는 나지만 복도에는 한 번도 나가지 않았다. 그런 사람들과 어울리기 싫어서 그랬다. 그러다 보니 나는 항상 정보에 어둡곤 했다. 저 혼자 잘라서 그렇다고 오해를 받을 수도 있다. 다들 복도에서 수군수군하는데 나 혼자 외면했던 까닭이다. 이른바 복도 통신은 주인이 없는 회사일수록 심하다. 남을 깎아내리면 내가 올라가서 그런가 보다.

이곳으로 신문사를 옮긴 뒤에는 이런 문화를 더 이상 보지 않아 좋다. 사주가 있어서 그럴지도 모른다. 그 사람이 없는 자리에서 욕하는 것은 정말 나쁘다. 이것을 뒷담화라고 한다. 특히 나에겐 있을 수 없는 일. 행여 외계인, 딴 나라 사람이라는 말을 듣는 이유이기도 하다. 더불어 사는 세상이 좋다.

대학생

치열하게 살 필요는 있다. 그런데 건성건성 사는 사람들이 많다. 그것은 자기 자신과의 약속이다. 남들은 그 사람이 정말 열심히 사는지 모른다. 그래서 남이 보지 않더라도 최선을 다해야 한다. 내가 가장 좋아하는 타입이다. 그러나 남이 볼 때만 하는 척하는 사람들도 적지 않다. 그런 사람들은 발전이 없다. 학생들에게도 이 같은 내용을 강의한다.

한 학기 내내 강의 톤은 같다. 그런데 열심히 듣는 학생들이 적다. 그냥 지나가는 소리로 듣는 듯하다. 그들을 야단칠 생각은 없다. 대학생도 성인이다. 스스로 알아서 판단해야 한다. 분명한 것은 있다. 열심히 듣는 학생이 건성으로 듣는 학생보다 무슨 일을 하든 나을 것이다.

학생들은 왜 그 같은 진리를 모를까? 강의의 중요성을 그처럼 강조해도 듣는 둥 마는 둥 하는 학생들이 눈에 띈다. 내일도 강의하러 대구에 내려간다. 학생들이 보다 진지했으면 하는 바람이다.

실업수당

한 달 112만 원. 뭔지 아십니까? 실업수당입니다. 하루 일당을 4만 원씩 쳐서 28일치를 준답니다. 직장을 그만두면 매달 112만 원씩 8개월 치를 받을 수 있습니다. 물론 대표로 있던 고용주는 해당이 안 됩니다.

제가 2012년 2월에 사표를 내고 만 7개월을 그대로 놀았습니다. 서울신문 국장으로 있다가 바로 사장에 지원했던 것이죠. 사장 선임 절차가 지연돼 결과적으로 7개월 동안 백수생활을 했습니다. 이렇게 놀면 실업수당이 지급됩니다. 그러나 저는 한 푼도 받지 않았습니다. 그런 혜택이 저에게 돌아올 것으로 생각지도 않은 것이죠. 바보를 자처하는 저이기에 가능했을지도 모릅니다.

오늘 지인과 점심을 함께하는데 그가 "국장님, 그때 실업수당 받으셨어요? 궁금했는데 지금 물어봅니다."라고 묻는다. 자초지종을 얘기하니까 고개를 끄덕였습니다. 그것실업수당은 권리입니다. 내가 낸 세금을 조금 돌려받는 것입니다. 실업수당 신청자가 적어야 나라는 윤택해질 것입니다. 그런 세상을 꿈꿔 봅니다.

최고의 시아버지

청와대 비서관으로 있는 친구가 오늘 딸을 시집보낸다. 다시 말해 사위를 맞으면서 장인이 되는 것이다. 솔직히 부럽다. 난 딸이 없고, 아들만 한 녀석이 있다. 다행히 결혼식에 참석할 수 있게 됐다. 1박 2일 제주행이 1주일 연기됐기 때문이다. 그 친구에겐 못 간다고 미리 양해를 구했었다.

2008년 어머니가 돌아가셨을 때 대전까지 문상 왔던 친구다. 당시 친구는 중앙부처 대변인으로 있었다. 바쁜 와중에도 짬을 내 왔던 것이다. 고등학교 친구들이 많이 올 터. 벌써 사위, 며느리를 본 친구들이 여럿 있다. 우리가 나이 들었다는 증거. 따라서 할아버지가 된 친구들도 적지 않다.

나도 그 대열에 끼려면 2~3년은 기다려야 할 것 같다. 아들 녀석은 올해 27살. 이제 막 취직했으니 바로 결혼할 리는 없다. 참한 처녀들을 보면 며느리로 삼고 싶은 생각도 든다. 딸이 없는 만큼 얼마나 예쁘겠는가. 어떤 애를 데려올지는 몰라도 사랑해 줄 자신은 있다. 최고의 시아버지. 생각만 해도 기분이 좋다.

고등학교 친구가 KB 국민카드 사장이 됐다. 나와 같은 대전고 3학년 8반 출신이다. 그 친구는 지방에서 대학을 나왔다. 정말 성실한 친구다. 그러니까 CEO에 오른 것. 자주 만나는 사이다. 부사장으로 있으면서 이번 국민카드 사태를 잘 수습했다. 대기만성은 그 친구에게 딱 맞는 표현이다.

어제 뉴스를 보고 바로 통화를 하니 "고마워. 앞으로 잘 좀 도와 줘." 이처럼 겸손하게 말한다. 그 친구가 지방대의 핸디캡을 극복한 첫 번째 덕목일 게다. 내가 강조하는 성실, 정직, 부지런함과도 일치한다. 친구의 승진 소식에 하루 종일 기분이 좋았다. 회사를 조금 더 안정시킨 뒤 보자고 한다. 기회는 준비된 자에게 오는 법. 이를 실천한 친구가 자랑스럽다.

대전고 출신은 상대적으로 CEO가 적다. 물론 오너도 드문 편이다. 대부분의 수재들처럼 남의 밑에서 일하는 사람들이 더 많다. 도전 정신이 있어야 CEO도 할 수 있다. 나에게도 그런 DNA가 있을까?

폭탄주

폭탄주. 많이 만들고, 많이 마시는 편이다. 1987년 검찰을 처음 출입할 때부터 가까이했다. 검찰의 술 문화가 독특해서 폭탄주를 많이 마신다. 상갓집에서도 자주 만들어 먹는 그들이다. 나와 폭탄주는 에피소드가 참 많다. 책 1권으로도 모자랄 듯싶다. 검찰의 모 간부는 나와 둘이서 폭탄주를 마시다가 응급실로 실려 간 적도 있다. 이름만 대도 알 수 있는 분이다. 아직 살아 계시다.

모 부총리는 나를 대한민국 최고의 술꾼으로 소문내기도 했다. 기자단과 함께 전주에 간 적이 있었는데 모든 기자들이 쓰러지고 마지막에 나와 단 둘이 남았다. 그 부총리는 서울신문 오 기자는 폭탄주를 20잔 이상 마시더라고 소문냈다. 잔술을 많이 마신 다음 먹었지만 부풀린 측면도 없지 않다. 본 사람이 나와 부총리 말고는 없었기 때문이다.

저녁 약속은 가급적 하지 않는 탓에 낮술을 종종 한다. 언론사는 낮에 술을 마셔도 용인되는 분위기가 있다. 취재원과 함께라면 말이다. 그래도 과음은 좋지 않다.

백발

최근에 별명이 하나 더 생겼다. '백두白頭 대장'. 흰머리가 많다는 얘기다. 나보다 흰머리가 더 많은 고등학교 친구가 붙여줬다. 그 친구는 완전 백발이다. 그래도 나는 검은 머리가 드문드문 보이는 편이다. 듣기에 나쁘진 않다. 대장까지 호칭을 붙여 주었으니. 그래서 흰머리끼리 한 번 만나기로 했다.

흰머리만 있으면 그래도 괜찮다. 적당한 흰머리는 노신사의 멋으로 통하기도 한다. 나도 흰머리에 개의치 않는다. 염색할 생각도 없다. 그런데 눈썹까지 하얗다. 흰 눈썹이 한두 개씩 보이더니 지금은 절반 이상 흰 눈썹이다. 어찌할 도리가 없다. 머리는 그대로 두고, 눈썹만 염색하라는 얘기도 듣는다. 눈썹 역시 그대로 두고 살 작정이다. 신체발부는 수지부모라 하지 않았던가.

4월 8일 저녁. 내가 기준을 설정했다. 흰머리가 70%를 넘을 것. 염색을 한 친구들은 제외다. 현재까지 나와 그 친구 둘은 확실하다. 백발이 대우를 받는다고 할까?

일주일을 맞으며

또 다시 월요일이다. 일주일이 금세 지나간다. 세월은 붙잡을 수도 없다. 그렇다면 즐겨야 된다. 이번 주도 한가한 편이다. 별다른 약속을 하지 않았다. 화요일 점심 때 광화문에 나가고, 그날 저녁은 국세청 간부로 있는 고교 친구와 하기로 했다. 현재 국세청장도 고등학교 동문. 잇따라 국세청장을 배출할지도 모르겠다.

금요일은 대구 내려가서 '행복학'을 강의한다. 토요일 아침 제주에 간다. 1박 2일. 일요일 아침, 나는 일행과 떨어져 먼저 올라와야 한다. 일요일 근무 때문이다. 제주에 가면 가파도에 갈 참. 전복에 방어회. 벌써부터 군침이 돈다. 상쾌한 아침이다.

나는 보통 일주일 단위로 약속을 한다. 저녁 약속을 거의 하지 않는 대신 점심 때 사람을 만난다. 외부 사람을 만나야 세상 돌아가는 소식도 듣는다. 금요일은 대구에 내려가므로 월요일부터 목요일까지 약속을 한다. 주 4일 약속을 하는 셈이다. 한 주를 알차게 보내면 다음 주도 활기차다.

내 삶의 방식

나의 글쓰기는 언제까지 계속될까? 신문기자, 논설위원은 직업. 회사를 그만두는 날까지 사설이든 칼럼이든 계속 써야 한다. 하지만 논설위원은 촉탁직이기 때문에 언제 그만둘지 나도 모른다. 내일이라도 그만두라고 하면 짐을 싸야 한다. 내가 스스로 떠나는 경우도 생각해 볼 수 있다. 둘 중 하나다. 다만 촉탁직이어서 정년은 없는 셈이다.

지금 현재 위치에 만족하고 있다. 글을 쓰면 내가 살아있음이 느껴진다. 책도 계속 쓸 참이다. 지금까지 펴낸 에세이집은 7권. 몇 권에서 멈출지 또한 모른다. 아직 전업 작가(?)는 생각하지 않고 있다. 취미로 책을 쓴다고 하는 표현이 옳을 듯싶다. 진정성과 순수성을 잃지 않으려 한다. 있는 그대로가 내 삶의 방식이다. 그것을 잃는 순간 '오풍연'이 아니다. 인간 '오풍연'에게 순수는 하나의 목표이자 최종 도달점이다.

영혼이 맑은 바보

나는 매사에 초긍정적이다. 때문에 낙관론자라는 얘기를 많이 듣는다. 나 자신도 인정하는 바다. 긍정은 부정을 이길 수 있다는 믿음 때문이다. 내 입에서 '아니오'는 거의 나오지 않는다. '예스' 아니면 '한 번 해보자'고 말한다. 물론 진실에 반하고 정의에 어긋나는 것도 '예' 하지는 않는다.

부정과 타협하는 것은 비겁한 짓이다. 긍정을 생활화하면 얼굴이 맑아진다. 근심 걱정을 많이 더는 까닭도 있다. 사람 얼굴을 보면 건강 상태나 감정의 변화도 읽을 수 있다. 나이들 수록 얼굴을 잘 가꾸어야 한다. 물론 화장을 하라는 얘기가 아니다. 그러려면 좋은 사람들과 소통을 해야 한다.

나는 특히 영혼이 맑은 사람을 좋아한다. 영혼이 맑은 사람은 정직하다. 거짓말도 하지 못한다. 그러려면 나부터 영혼을 맑게 할 필요가 있다.

광화문 나들이

새벽은 또 온다. 어제는 광화문에 두 번이나 나갔다 왔다. 점심은 서울신문 후배, 위드컬처 이경선 대표와 셋이서 했다. 둘 다 내 책 속의 주인공으로 나오는 분들이다. 우선 능력이 뛰어나다. 이경선 대표는 사업 수완이 보통 아니다. 지금도 잘하지만 장래가 훨씬 촉망된다. 홍보, 광고, 이벤트 분야의 일을 하고 있다.

서울신문 후배 역시 보배다. 그런 친구들이 잘돼야 서울신문의 미래가 있을 터. 저녁에는 고등학교 동문들을 만났다. 국세청 간부로 있는 고교 동기가 언론계 동문들을 초청하는 자리였다. 모두 10명이 참석했다. 화기애애하게 두 시간가량 식사를 했다. 고교 동문들은 언제 만나도 정겹다. 학창 시절로 돌아가는 듯한 느낌이 든다. 고교 시절 은사님들도 항상 화제에 오른다. 고인이 되신 분도 계시다.

참석자 가운데는 나와 페친도 여럿 있다. '오 선배는 잘 시간 아니냐'고 묻는 후배도 있었다. 집에 돌아오니 밤 10시. 다른 때 같으면 잘 시간이다. 때문인지 1시간쯤 늦은 3시에 일어났다. 그래도 몸이 가뿐하다. 오늘 하루도 즐겁게 시작한다.

낮술

오늘 낮에도 소폭. 지인들과 어울려 소폭을 마셨다. 7~9잔 정도 마신 것 같다. 평소보단 덜 마신 셈. 이러다가 페북에선 '폭탄주' 대가로 소문날지 모르겠다. 결론적으로 말해 전혀 그렇지 않다. 술을 조금 많이 마시지만 대주가(?)는 동의하기 어렵다.

자주 마시지 않기 때문이다. 물론 술이 센 편이다. 아직까지 누구와 대작하더라도 먼저 일어선 적은 없다. 가장 바보는 술 자랑. 내가 바보여서 그럴지도 모르겠다. 술에도 나름의 철학이 있다. 좋은 사이라면 낮술은 어떻고, 밤술은 어떠랴. 특히 영혼이 맑은 사람끼리 만난다면 언제든지 오케이다.

낮술을 마시고 일에 지장을 받아본 적은 없다. 소주 두세 병 마시고도 사설 및 칼럼을 쓴다. 그러나 자랑할 일은 못 된다. 아무래도 술을 마시면 정신이 맑을 리 없다. 제정신으로 기사를 쓰는 것보다 잘 쓸 수도 없을 터. 앞으로 낮술은 최대한 줄일 생각이다. 소주 서너 잔이면 딱 맞다.

제주 나들이

　모레 제주에 간다. '나눔' 회원들과 함께 가는 것. 매달 한 번씩 만나는 모임이다. 회원은 여러 분야에서 일한다. 기자는 나 혼자다. 사업하는 분도 있고, 공무원도 있다. 김포공항에서 8시 출발. 제주는 2년 만에 찾는다. 2년 전에도 나눔 회원들과 함께 갔었다.

　세계 어디를 가 보아도 제주만큼 아름다운 곳은 없다. 산과 바다가 최고다. 천혜의 비경. 신이 빚은 선물이다. 제주에서 살고 싶은 마음도 있다. 일요일 근무여서 먼저 올라오는 것이 조금 아쉽다. 제주의 아름다운 풍광이 눈에 선하다.

　제주도는 갈 때마다 바뀐다. 제주시에는 제법 높은 빌딩과 아파트들이 들어선다. 서귀포도 개발이 한창이다. 한가롭던 모슬포까지 개발 바람이 불었다. 한편으론 아름다운 제주가 망가지는 것 같아 안타깝기도 하다. 난개발이 돼서는 안 된다. 개발을 최소화할 필요가 있다. 그래야 후손들에게 떳떳하지 않겠는가.

자상한 남편

내 7권의 에세이집이나 페이스북에 비친 나는 자상한 남편이다. 오죽했으면 내 책을 읽고 부부 싸움을 했다는 가정도 있을까? "자기는 오 국장님처럼 못 해."라는 말은 여러 사람에게서 들은 얘기다. 하지만 나와 함께 살고 있는 아내에게 물어보면 '아니다'이다. 아내도 나에게 서운한 것이 많을 테다. 사실 부부 관계는 둘만이 안다.

몇 해 전 아내가 어지럼증을 호소해 이대 목동병원 응급실에 간 적이 있다. 몇 가지 검사를 했는데 이상이 없다고 해 집으로 돌아오는 길이었다. 비가 약간 내렸다. 나는 무심하게도 아내를 부축하지 않고 혼자 차를 세워둔 주차장으로 갔다. 그때 아내는 무척 힘들었던 모양이다. 요즘도 가끔 "자기는 나를 버리고 간 남편이야. 그때 생각하면 살기도 싫어."라고 말을 한다.

나도 처음엔 농담인 줄 알았는데 진담이었다. 다 잘하다가도 한 번 잘못하면 이런 얘기를 듣게 된다. 당시 나는 그럴 생각은 전혀 없었다. 그럼에도 아내가 서운했다니 할 말은 없다. 어쨌든 나의 잘못이다. 부축을 하고 갔더라면 지금껏 핀잔을 듣지 않았을 터. 여자에겐 배려가 첫 번째다.

휴강

내일은 휴강을 한다. 따라서 대구에 내려가지 않는다. 내 강의를 듣는 항공운항과 학생들이 MT를 간다고 한다. 학생들의 요청을 받아들여 휴강을 하기로 했다. 휴강을 하면 학생들이 제일 좋아한다. 내가 학교에 다닐 때도 그랬다. 하지만 잘못된 생각임에 틀림없다. 아까운 등록금을 내고 강의를 듣는데, 한 번이라도 더 들어야 한다.

한 학기 강의는 15주. 중간고사 때 한 번 거르면 많아야 14번이다. 절반가량 휴강하는 교수도 더러 있다. 참스승으로 보긴 어렵다. 이유 여하를 막론하고 강의 시간은 맞춰야 한다. 학생들과 카톡방을 개설했다. 첫 강의를 마친 뒤 하루도 빠짐없이 카톡방에 글을 올리고 있다. 강의 대신으로 봐도 무방하다. 학생들이 모두 읽는지는 모르겠다. 카톡방에서 빠져나간 학생들도 있다. 이를 말리거나 강제로 들어오라고 할 생각은 없다.

대학생은 성인이다. 그들의 자율에 맡겨야 한다. 대신 미래를 멀리 내다보고 강의 참석 여부를 결정하라고 한다. 열정이 있어야 성공하는 법이다.

한국 사랑

꼭 한 달 만에 쉬어보는 금요일이다. 휴강을 한 까닭이다. 초등
학교 친구와 충주에 갔다 오려고 한다. 그곳에서 사업을 하는 후
배도 만날 겸 꽃구경을 가기로 했다. 어제 충주 유람선 쪽에 연락
을 했더니 비정기적으로 유람선을 띄운다고 했다. 시간이 되면
유람선도 타볼 생각이다. 4월부터 성수기에는 시간을 정해놓고
운항하는데 비수기에는 사람이 차야 배를 움직인다고 했다.

충주는 사과도 많지만 복숭아도 많다. 아직 복숭아꽃은 피지 않
았을 터. 복숭아꽃도 예쁘다. 개나리, 진달래는 흐드러지게 피어
있을 것 같다. 충주 한우도 맛있다. 점심은 고기집에 들를까 한다.
사실 우리나라처럼 풍광이 좋은 나라도 없다. 크고 작은 산들이
무척 많다. 한국에 살고 있어서 잘 모른다. 계곡의 물도 좋다.
그런데도 외국으로 눈길을 돌린다. 국내 관광의 묘미를 느끼지 못
해서 그런건지도 모르겠다.

오늘은 충주, 내일은 제주. 이만하면 행복하다고 할 수 있을 것
이다. 삶이 즐거운 이유다.

논설위원 4수

역시 나의 일터는 논설위원실이다. 좁고 허름한 공간이지만 제일 편하다. 신문사 논설위원만 네 번째. 서울신문에서 3번, 이곳 파이낸셜 뉴스에서도 논설위원. 2004년 정치부 차장으로 있다가 처음 논설위원이 됐다. 아주 빨리 한 셈이다. 보통 논설위원은 데스크인 부장을 마치고 올라간다. 두 번째는 공공정책부장을 한 뒤 맡았다. 세 번째는 제작국장을 하고 올라갔다.

국내 1호인 법조 대기자는 세 번째 논설위원을 하다가 부여받았다. 아직 나 말고는 법조 대기자가 없다. 정치나 경제 대기자는 여럿 있다. 법무부 정책위원을 3년간 지낸 것도 이와 무관치 않다. 파이낸셜 뉴스 논설위원은 모두 4명. 종합지에 비해 매우 적은 편이다. 그래서 거의 날마다 사설이나 칼럼을 쓰다시피 한다.

중앙일보 출신 2명, 한국경제 출신 1명, 서울신문 출신 1명 등이다. 논설실 분위기만큼은 최고다. 일하는 것이 즐겁다.

바보, 비밀, 정직

"일거수일투족을 모두 페이스북에 공개해도 되나요?"

　지인들로부터 자주 듣는 소리다. 그러면 사생활이 없을 것 같다
는 것. 결론은 그렇지 않다고 얘기할 수 있겠다. 난들 왜 사생활이
없겠는가. 다만 남들보다 비밀이 좀 없다고 할까?

　자기만 알고 싶은 것을 비밀이라고 한다. 바보는 비밀이 적을 터.
내가 바보를 자처하는 이유다. 사람 사는 것이 다를 바 없다. 내가
느낀다면 남들도 똑같다. 그런 것을 함께 공유하자는 취지다.
정직을 중시하는 나다. 정직 역시 비밀의 상관개념으로 볼 수 있
을 듯하다.

　바보와 정직. 내가 가장 좋아하는 말들이다. 청와대 생활을
함께 했던 선배가 댓글을 달았다. 대한민국에는 바보 셋이 있단다.
김수환 추기경, 노무현 전 대통령, 오풍연을 꼽았다. 나에겐 영광
이요, 찬사다. 바보는 나의 인생 목표다.

만족하는 인생

3월 마지막 날이다. 벌써 올해도 4분의 1이 지난 셈이다. 세월이 왜 이리도 빠른가. 붙잡을 수도 없다. 그렇다면 즐겨야 한다. 찌들어 살 필요가 없다. 그러나 둘 중 하나는 없기 마련이다. 돈이 있으면 시간이 없고, 시간이 많으면 돈이 없다. 이래저래 고단한 인생이다.

둘 다 갖춘 사람은 많지 않다. 그들이야말로 복 받은 사람들. 주변을 둘러봐도 그렇다. 나는 어느 쪽에 속할까? 아마도 후자에 속할 것 같다. 시간은 만들 수 있는 반면 돈은 넉넉하지 못하다. 월급쟁이의 한계다. 자기 사업을 하지 않는 한 돈을 여유 있게 쓰기 어렵다.

물론 돈이 많아도 못 쓰는 사람들도 적지 않다. 그들보다는 내가 낫다고 생각한다. 풍족하지는 않아도 쓸 데는 쓰기 때문이다. 그보다는 건강이 우선이다. 몸이 성하면 무슨 일인들 못하랴. 건강해야 의식주도 해결할 수 있다.

꽃구경

　계절의 여왕, 4월 첫날이다. 여의도의 벚꽃은 활짝 피었다. 3월
에 꽃이 만개한 것은 기상관측 사상 처음이란다. 알 수 없는 것이
날씨라고 했다. 하지만 분명 이변이다. 보름 이상 일찍 피었다. 전국
이 거의 동시에 피었단다. 지난 달 27일까지만 해도 벚꽃이 막 꽃
망울을 터뜨리려고 했다. 그런데 30일 제주서 올라와 사흘 만에
나가보니까 모두 피어 있었다.

　시민들도 계절을 만끽했다. 2~3만 명은 족히 되어 보였다. 도심
한복판에 이 같은 공원이 있다는 것도 축복이다. 꽃은 인간의
마음을 맑게 한다. 꽃을 보고서 아름답다고 하지 않는 사람은
없다. 매일 여의도 공원을 걸으면서 느끼는 바다. 특별한 일이 없
으면 평일 오후 4시에 꼭 나간다. 나와 같은 시각에 걷는 분들도
더러 본다.

　이번 주말에는 절정을 이룰 듯싶다. 멀리 가지 않더라도 봄의
정취를 만끽할 수 있다. 산과 들로 나가자.

건강의 중요성

 기분 좋은 오후다. 인하대 병원에서 대장내시경 검사를 한 결과 아주 깨끗했다. 5년 전 검사에서는 용종을 1개 제거했었다. 혹시 했는데 결과가 좋았다. 지난 번 위내시경에 이어 소화기 계통은 모두 합격점을 받았다. 물론 다른 데도 이상이 없다.

 사람이 건강할 때는 그 중요성을 잘 모른다. 아픈 다음 후회하곤 한다. 술을 자주는 아니지만 한 번 자리를 가지면 많이 마시는 편이어서 나보다 식구들이 더 걱정을 한다. 아내에게도 검사를 받자마자 얘기했더니 좋아한다. 많이 걷고, 규칙적인 생활을 한 게 도움이 된 듯하다. 5년 동안 매일 두세 시 기상하여 걷기를 빠뜨리지 않았다. 앞으로도 같은 생활 패턴을 유지할 생각이다.

 결론적으로 말해 저녁 약속을 적게 잡는 것이 건강을 유지하는 비결이라고 생각한다. 아무래도 저녁에는 과식을 하고, 술도 더 먹게 된다. 내가 점심 약속을 많이 하는 이유이기도 하다. 검진도 두려워하지 말고 1년에 한 번씩은 꼭 받아야 한다. 예방이 최선이기 때문이다.

 그보다 더 중요한 것이 있다면 운동. 운동을 생활화하자.

글쓰기는 나의 생명

오늘 기상 시간도 여지없이 두 시. 어제 최종적으로 받은 종합 검진에서 이상이 없는 탓인지 기분도 좋다. 사실 마음 놓고 병원 침대에 눕는 경우는 적다. 혹시 무슨 병이라도 있는 것이 아닐까 걱정하게 된다. 그래서 병원을 꺼리는 사람들이 의외로 많다.

쉰이 넘도록 내시경 검사를 한 번도 안 받아본 사람들도 있다. 배짱이 대단하다고 할까? 위암이나 대장암은 정기적으로 검사하면 걱정할 필요가 없다. 그런데도 속이 심하게 쓰리고 피똥을 싸고 나서야 병원을 찾는다. 그때는 이미 늦었다.

이제는 좋은 얘기를 하자. 국민건강보험공단에 고정적으로 칼럼을 쓴다. 한 달에 두세 번. 내가 페이스북에 올리는 것처럼 일상의 얘기를 쓸 참이다. 공단에서 블로그를 운영한다고 했다. 거기에 칼럼을 올리는 것. 얼마나 많은 분들이 내 글에 공감할지는 모르겠다. 보통 사람으로 살고 있기에 많은 분들과 크게 다르진 않을 것으로 본다. 그 칼럼 역시 한 분의 독자가 있는 한 지속적으로 쓸 참이다. 내가 자판을 계속 두드리는 이유다.

나는 영원한 작가를 꿈꾼다

커버 사진

오늘 새벽에 페이스북 커버 사진을 바꿨다. 있는 그대로의 모습이 좋아 보여서다. 7번째 에세이집을 내고 출판사 직원들과 회식하는 자리에서 찍은 사진이다. 장소는 서대문의 허름한 고기집. 폭탄주가 몇 배 돈 뒤 찍은 것 같다. 함박웃음을 터뜨렸다. 사진을 제공해준 문화일보 사진부 김연수 선임기자와 러브샷을 하는 장면이다.

얼마동안 페이스북에 올려놓았다. 그것을 보고 웃는 분들이 많았다. 파안대소하는 내 모습이 너무 자연스럽다고 했다. 나는 본래 웃음이 많은 편이다. 그래서 오해를 받은 적도 있다. 왜 심각한데 웃느냐고 따진다. 그럼 할 말이 없다. 내 인상이 그런데 어찌하겠는가. 나를 낳아준 어머니한테 따져야 될지도 모르겠다.

김 기자는 대전고 한 해 후배. 나이 들면서 친구처럼 지낸다. 그 친구의 표정도 자연스럽다.

사진을 찍어준 친구도 대전고 후배인 김수범 한의학 박사. 순간을 잘 포착한 것 같다. 김 박사는 김 기자에게 사진 찍는 기술을 배웠단다. 사진을 확대해서 보관할 계획이다. 사진을 보고 있으면 저절로 웃음이 나온다. 웃으면 복이 온다고 하지 않던가. 웃자.

나의 봄날

좋은 일이 생기면 인생에 봄날이 왔다고 말한다. 그럼 나의 봄날은 왔는가. 나는 날마다 봄날이라고 생각하면서 살고 있다. 살아있는 것 자체에서 행복을 느끼기 때문이다. 그러나 많은 사람들이 인생의 의미를 가벼이 여기고 있다.

생과 사. 한순간일 수도 있다. 둘 다 중요하다. 하지만 생生에 더 의미를 두어야 한다. 그래야 인생의 살맛을 더해준다. 숨을 쉬지 못하는 순간부터 사死의 세계에 들어간다. 죽음의 문턱까지 갔다 왔다고 말하는 사람들도 많다. 물론 주관적인 판단이다. 죽기를 다한다면 두려울 것도 없다. 내가 사는 방식이기도 하다.

다시 말해 최선을 다한다는 얘기다. 어영부영해선 어떤 일도 이룰 수 없다. 무엇을 하든지 열과 성을 다해야 한다. 대충이 몸에 배면 성공을 거두지 못한다. 반대 개념은 끈기다. 인내심도 궤를 같이한다. 오늘 새벽도 나의 봄날이다.

장관님 페친

　김태정 전 법무부 장관님과 어제 페친이 됐다. 내가 친구 요청을 했더니 바로 확인하셨다. 페이스북을 검색하다가 김 장관님을 발견했다. 연세가 드신 분들은 페북을 많이 하지 않는 편인데 하고 계셨다.

　"장관님도 페이스북 하셔서 친구 요청을 했습니다. 잘 지내시죠. 사진 모습은 건강해 보입니다. 전화번호 좀 남겨 주세요." 하면서 바로 메시지를 띄웠다. 그러자 금방 답장을 주셨다. "많이 반갑습니다. 세월 참 빠르네요. 이젠 나이가 있어서 페이스북이나 트윗이 활발치 못합니다. 내 핸드폰 번호는 010-8758-**** 입니다. 기도할게요!"라는 답장에서 묻어나듯 김 장관님은 독실한 크리스천이다. 다른 언론사 기자로 있는 대학 친구의 작은아버지이시기

도 하다. 그런 까닭에 검찰을 출입할 때도 장관님과 더욱 가깝게 지낼 수 있었다. 나를 친조카처럼 대해 주셨다. 전화 목소리는 예전 그대로였다. 맑은 음성을 지니셨다.

　페이스북에는 이런 장점이 있다. 거의 연락을 드리지 못했던 분들도 이곳에서 만난다. 그러면 다시 인연이 이어진다. 인연을 가장 소중히 여기는 나로선 고맙지 않을 수 없다. 그동안 책도 7권 냈다고 말씀드렸더니 대단하다고 하셨다. 거듭 말하지만 운이 좋았을 뿐이다. 앞으로도 계속 내라고 말씀하신다. 나도 언젠가 올드보이가 된다. 장관님도 젊게 사시려고 SNS를 한다고 하셨다. 세월 앞에 장사는 없는가 보다.

재미없는 교수

내일은 2주 만에 대구 내려간다. 지난 주 금요일은 휴강을 했다. 내 강의는 4개 학과 학생 97명이 듣는다. 내일도 1개 학과 학생들이 MT를 가서 빠지지만 2주 연속 휴강을 할 순 없다. 수업을 좋아하는 학생은 없을 듯하다. 나도 대학시절 그랬다. 나는 거의 결강하다시피 했다. 대학 4년을 통틀어 500시간도 안 들은 것 같다. 교수님을 탓하기도 뭐하지만, 감동을 받은 교수도 없었다. 자연히 딴짓을 했다.

물론 강의를 재미로 들어선 안 된다. 하나라도 더 배우려는 자세가 필요하다. 나는 학생들에게 어떤 교수로 비쳐질까? 재미없는 교수. 그렇다면 학생들을 붙들 수도 없다. 지금은 교수들도 서비스 정신으로 무장해야 한다. 학생들을 찾아가는 강의를 해야 한다는 얘기다. 내가 카톡방을 개설해 학생들과 소통하는 것도 그것의 하나다.

그런데 카톡방을 빠져나가는 학생들도 있다. 그들 역시 나무랄 생각은 없다. 학생들에게 더 큰 감동을 줄 수 있는 방법은 없을까?

행복학을 강의하면서

이번 학기 강의 제목은 '행복학'. 막연할 수도 있다. 딱히 정의를 내리기도 어렵다. 행복에 대한 정답은 없기 때문이다. 내가 생각하는 행복과, 남이 생각이 그것이 다를 수 있다. 주관적이라고 할 수 있을 터다. 어제는 친절에 대해서만 한 시간 강의를 했다. 살아가면서 꼭 필요한 요소다.

친절이 몸에 밴 사람은 어디를 가도 대접을 받는다. 또 친절은 나부터 실천해야 한다. 내가 그러기 위해 노력하는 바다. 여러 가지 사례를 소개했다. 학생들이 얼마나 공감을 하고, 깨달았는지는 모르겠다. 다음 시간은 친구에 대해 강의를 할 생각이다.

친구. 이 세상에서 엄마 다음으로 많이 부르는 말일 게다. 친구가 많을수록 삶은 윤택해진다. 하지만 진정한 친구는 얻기 쉽지 않다. 마음이 통하는 친구 한 명만 있어도 잘 살았다고 할 수 있다. 항상 묻는 질문. 나는 어떤가. 1명 이상 된다고 자부한다. 그럼 잘 산 인생? '행복학'을 강의하고 있으니 영 딴소리는 아닐 듯싶다.

나는 영원한 작가를 꿈꾼다

나의 지인들

4월 둘째 주가 된다. 크지 않은 땅덩어리인데 한쪽에서는 눈도 왔다. 그러고 보면 우리나라도 작은 나라는 아닌 듯싶다. 봄과 겨울이 상존하는 나라. 나쁘진 않다. 화요일부터 쭉 일정이 잡혔다. 흰머리 모임이 있다. 이름하여 백두白頭 클럽. 고교 동기들과 하는 자리다. 몇이나 나올지는 모르겠다. 어느 자리에서인가 즉흥적으로 제안해 만든 모임이다.

수요일 저녁에는 법무부 정책위원을 함께 했던 분들과 만난다. 봄, 가을에 두 번 만나기로 했는데 이번이 첫 번째 모임이다. 다들 훌륭하신 분들이다. 허영 위원장님을 비롯, 박효종 김태유 서울대 교수님, 김영천 서울시립대 교수님, 김성오 메가스터디 대표님, 박은석 박균택 검사님 등이 고정 멤버. 많은 대화가 오간다. 정부위원회가 대개 형식적인데 법무부 정책위원회는 그렇지 않았다. 그래서 이런 모임도 만들었다고 할 수 있다.

금요일은 대구 강의. 이웃 대구한의대 학장으로 있는 고교 친구가 청도 운문사를 구경시켜 준단다. 일단 약속은 했다. 특별한 일이 생기지 않는 한 고찰을 다녀올까 한다. 어쨌든 만나고, 함께할 수 있는 분들이 있어 좋다. 행복의 단초랄까?

사생활

어디까지가 사생활인가. 이를 유식한 말로 프라이버시라고 한다. 이를 두고 소송을 하기도 한다. 프라이버시 침해라는 것. 물론 사생활도 중요하지만 여기에 너무 치중하면 정이 없어진다. 내가 페이스북에 거의 있는 그대로를 옮기는 이유이기도 하다. 투명한 세상을 만들고 싶어서다. 그렇다면 나부터 앞장서야 할 터. 실천하는 과정으로 보면 된다.

나 때문에 본의 아니게 피해를 보는 분들도 있을지 모른다. 페이스북에 자기를 빼달라는 사람도 더러 있다. 이름을 쓰지 않아도 알만한 사람은 다 알 수 있는 탓이다. 외부에 알려지는 것이 부담스럽단다. 이런 경우 100% 수용한다. 본인이 싫다는데 굳이 넣을 필요는 없지 않겠는가. 세상에 비밀은 없다. 드러내 놓고 사는 것도 나쁘진 않다고 본다. 내가 사는 방식이기도 하다. 그냥 나만의 생각일까?

쥐띠방 친구들

오늘 저녁 고등학교 백두 클럽 모임은 취소됐다. 흰머리를 가진 친구들과의 만남은 다음으로 미뤄지게 됐다. 부득이 다른 동창 일정과 겹쳤기 때문이다. 이처럼 약속은 잡기도 어렵지만, 지키는 것 또한 쉽지 않다.

현대인들에게 이런 저런 일이 일어나서 그렇다. 나만 그런 것이 아니라 다들 바쁘게 산다.

물론 한가한 것보단 좋다. 친구들도 아직 현역이 더 많다. 이번 주 다른 일정은 예정대로 진행된다. 다음 주 월요일엔 쥐띠방 친구들과 만난다. 얼마 전 지방에 있는 한 친구의 소개로 가입했다.

60년생 쥐띠들의 모임이다. 이름도 'G60'이다. 재미있지 않은가. 동갑내기라는 이유만으로 뭉쳤다고 한다. 대략 회원은 전국적으로 40여 명. 지금까지 세 친구만 얼굴을 봤다. 모임에 몇 명이 나올지는 모르겠다. 함께 늙어가는 인생. 만남이 기대된다.

주식투자

아침 증권사 지점에 갔다가 아주 황당한 일을 겪었다. 스포츠서울 주식 5,380주를 가지고 있었다. 2000년대 초에 서울신문 사주 조합을 만들면서 반강제적으로 샀던 주식이다. 회사는 당시 사원들에게 액면가 5,000원짜리 주식을 29,000원에 팔았다. 개인당 한도는 1,500주. 거의 모든 사원들이 퇴직금을 중간 정산해 주식을 샀다. 나도 1,500주를 사서 4,350만 원 어치를 구입했다. 회사의 꾐에 빠져 샀다고 볼 수 있다. 1~2년 안에 10만 원은 너끈히 갈 것이라고 사원들을 유혹했다. 그러니 안 살 수도 없었다.

그러나 웬걸. 주식은 갈수록 떨어졌다. 한 차례 액면 분할을 해 1,500주가 5,380주로 늘어났다. 얼마 전까지 주가는 형편없이 떨어졌다. 모두 팔아봐야 300만 원 정도 되는 것으로 알았다. 이거라도 팔아서 장모님 병원비로 써야 되겠다고 생각해 증권사를 찾았다. 주식을 하지 않으니까 증권사를 찾은 것도 처음이었다. 종업원이 신분증을 요구했다. 그러더니 주식이 538주만 남아있다고 했다. 웬 소리냐고 물었다. 지난 2월, 10분의 1로 감자를 했다고 알려 주었다. 서울신문을 떠난 까닭에 까마득히 모르고 있었다. 게다가 거래가 정지되어 당장 팔 수도 없었다.

거래가 재개돼도 다 팔아봤자 70만 원 정도 된다고 했다.
4,500만 원이 70만 원으로 줄어든 것. 당시 4,500만 원이면 아파
트 4~5평은 늘릴 수 있는 돈이었다. 그래도 내가 결정한 일이다.
이를 어찌하랴.

걷기 예찬

　어젠 9시 30분쯤 잤더니 1시 30분 기상이다. 요즘은 정확히 4시간을 자면 눈이 떠진다. 평소보다 30분~1시간 먼저 잤다. 수면 시간이 모자라지 않느냐고 묻는다. 이 같은 생활을 오래 하다 보니 이젠 습관이 됐다. 남들 자러 가는 시간에 일어나는 셈이다. 나도 한때 잠이 오지 않아 고생한 적이 있다. 실제로 사흘 정도 꼬박 샌 경우도 있다. 잠이 오지 않는 것만큼 괴로운 것도 없다. 어떻게 해도 잠이 오지 않는다. 의학 용어로는 '불면증'이라고 할 것이다. 심하면 수면제 등 약물을 처방받는다. 의외로 환자들이 많다.

　지금은 초저녁, 잠이 쏟아져 걱정할 판이다. 어느 순간 불면증이 사라졌다. 정확히 언제부터인지는 기억나지 않는다. 아마 저녁 운동을 한 뒤로 고친 것 같다. 일찍 퇴근해 운동을 꾸준히 했다. 운동이라고 해야 걷는 것이다. 샤워를 하고 나면 개운해서 잠도 잘 왔다. 물론 요즘은 새벽이나 낮에 운동하는 것으로 바뀠다.

　더울 때는 새벽 운동을 하고, 보통 평일은 낮에 여의도 공원을 한 바퀴씩 돈다. 공휴일이나 토, 일요일은 멀리 한강까지 다녀온다. 그래서 걷기 마니아가 됐다. 효과를 톡톡히 봤기 때문이다. 걷기를 적극 권장하는 이유다.

돈이란?

나는 복이 많다고 생각한다. 그중에서도 인복에 대해 항상 감사한 마음을 갖고 있다. 주위에 좋은 사람뿐이다. 그러다 보니 만나는 사람도 많다. 내가 먼저 노를 하는 경우가 없기 때문이기도 할 터. 하지만 전복錢福은 없다. 점을 치더라도 주머니 구멍이 샜다고 한다. 돈을 모을 수 없다는 얘기. 누가 달라고 하면 그냥 주었다. 아직도 여러 사람에게 준 돈을 받지 못하고 있다.

20년 가까이 된 사람도 있고, 몇 년 안 된 사람도 있다. 다 잘 아는 지인들이다. 그러다 보니 내 호주머니에 돈이 없는 것. 돈 없으면 많이 아쉽다. 그렇다고 손을 벌릴 수도 없다. 애써 위로해 본다. 하느님이 나에게 돈의 여유까지 줄 리 없다고. 돈이 없으면 불편하지만 그대로 살 수는 있다. 안 쓰면 그만이다. 돈과 바꿀 수 없는 것이 건강. 몸이 성하면 먹고살 수는 있다. 너무 돈에 연연해하지 말자.

여백회(餘白會)

'여백회' 회원들과 만나는 날이다. 2009년부터 2012년까지 만 3년간 법무부 정책위원을 함께 했던 분들이다. 정규 멤버는 모두 8명. 현직 검사가 두 분 계시다. 가장 연장자는 정책위원장을 하셨던 허영 경희대 석좌교수님. 나에게 대전고 24년 선배시다. 여든을 앞두고 있는데도 정정하시다. 독일에서 공부하셨고 헌법학의 대가다.

서울대 박효종, 김태유 교수님도 있다. 박 교수님은 박근혜 정부 인수위 정무분과 위원을 지내셨다. 전공은 윤리학으로 언론에 기고도 많이 하신다. 방송에도 자주 나와 토론을 한다. 보수층을 대변한다고 할 수 있다. 김 교수님은 노무현 정부 초대 과학기술 보좌관을 했다. 1년에 딱 두 번, 설과 추석만 쉴 정도로 연구에 열중이시다. 지금도 도시락을 싸 가지고 학교에 다니신다. 물론 휴일도 없다. 공대 교수이신데도 국가 경영 쪽을 연구하고 있다.

김영천 서울시립대 교수님도 함께 했다. 형법이 전공이다. 카이스트 상임감사도 지내셨다. 매우 겸손하신 분이다. 또 한 분은 김성오 메가스터디 대표. 베스트셀러인 '육일약국 갑시다'의 저자이기도 하다. 나보다 두 살 위. 서울대 약대를 나와 실제로 고향 마산에서 약국을 개업했었다. 바쁜 와중에도 특강을 열심히 하신다. 인세는 전액 기부하고 있다. 지금까지 기부한 액수만 4~5억 원에 이른다고 한다.

　박은석, 박균택 검사님은 정책단장을 했던 분들이다. 두 분 모두 흠잡을 데가 없다. 검사로 보이지 않는다. 장차 한국 검찰을 이끌어갈 분들이다. 지난 겨울 모임에서 여백회를 만들었다. 봄, 가을 두 번 만나기로 했다. 모임을 만드는 데 모두가 찬성했다. 오늘이 그 첫 번째 만나는 날인 셈이다. 만나기 전부터 반가움이 다가온다.

나의 꿈

나에게도 소박한 꿈이 있다. 언젠가 낙향하려 생각 중이다. 아직 장소는 정하지 않았다. 현역을 오래 고수하려고 한다. 지금 논설위원도 촉탁직으로 있어 정년은 없다. 회사에서 그만두라고 할 때까진 있을 생각. 대학 초빙교수 역시 마찬가지다. 정교수와 달리 정년은 없다.

내 힘이 닿는 한 강의를 계속 할 수 있을 것 같다. 작가도 본업으로 볼 순 없지만 엄연히 직업이다. 글쓰기도 그만둘 생각이 없다. 그렇다면 영원한 현역. 낙향 시기는 70살 정도로 보고 있다. 강원도 아니면, 제주가 될 듯싶다.

특히 서귀포가 내겐 인상적이다. 그곳에서 글을 쓰며 노후를 보냈으면 하는 바람이다. 제주시에서 맛볼 수 없는 또 다른 느낌이 있다. 풍광도 가장 뛰어나다. 물론 나의 주관적인 판단일지도 모른다. 덤으로 주례 봉사도 하고 싶다. 그런 꿈이 이뤄질까?

만학도 어머니들

어제 여백회 모임엔 6명이 참석했다. 지방에 계신 한 분 등 두 분이 못 나왔다. 아주 즐겁고 유익한 대화를 했다. 언제 만나도 정겨운 한국의 지성들이다. 다음 모임은 10월 15일. 봄, 가을 만나기로 한 데 따른 것.

오늘 점심에 용산 국립박물관에 간다. 그곳 레스토랑에서 손주환 전 서울신문 사장님과 SBS 8시 뉴스 김성준 앵커를 만나기로 한 것. 거의 두 달 전쯤 약속을 잡았다. 따뜻한 봄날이 이제 온 것이다. 김 앵커는 손 사장님의 사위로 나와 손 사장님의 대학 후배이기도 하다. 동문끼리 만나는 셈이기도 하다.

내일은 대구에 내려가 강의를 마치고 청도 운문사에 간다. 올해 대경대를 졸업하신 만학도 어머니 네 분도 동행하기로 했다. 어머니들이 학교에 오셔서 내 강의를 듣고 운문사도 함께 갈 예정이다. 모두 반가운 얼굴들이다. 네 학기 동안 강의를 하면서 그분들과 특히 정이 많이 들었다. 이렇게 이번 주도 지나간다. 오늘 새벽도 싱그럽다.

나는 영원한 작가를 꿈꾼다

장모님

    장모님이 내일 퇴원하신다. 작년 11월 23일에 입원하셔서 4개월 20일 동안 병원에 계셨다.

    본인은 말할 것도 없고, 모든 식구들이 고생을 했다. 특히 아내의 병간호가 극진했다. 몸이 좋지 않은데도 정성껏 할 도리를 했다. 물론 입원하는 날부터 24시간 간병인을 썼다. 골반 뼈가 부러져 정상 활동이 불가능했기 때문이다. 한두 달 정도 예상했는데 의외로 길어졌다.

    제일 부담되는 것은 간병인 비용이었다. 하루에 7만 원씩 들어갔다. 간병인 비용만 1,000만 원 이상 썼다. 외상이나 할부도 할 수 없는 게 그것이다. 바로 현찰을 주어야 한다. 간병인을 쓰는 가정에서 똑같이 경험했을 바다. 실제로 수술비나 입원비는 부담이 덜 된다. 의료보험이 적용돼 혜택을 받을 수 있다. 무엇보다 퇴원한다고 장모님이 좋아하신다. 얼마나 답답했겠는가. 계절이 바뀌어 퇴원하는 셈이다.

    1993년부터 장모님을 모시고 살았다. 만 22년째다. 아직 완치 단계는 아니다. 평생 조심하고 지내셔야 한다. 그래도 퇴원하신다기에 마음이 가볍다. 오늘은 대구에 강의하러 내려가는 날. 평소보다 1시간 정도 먼저 깼다. 즐겁게 하루를 시작한다.

나는 영원한 작가를 꿈꾼다

아버지와 아들

어젠 청도 운문사에 갔다가 밤 10시를 넘어 귀가했다. 동대구역
엔 6시 전에 도착했는데 서울 올라오는 표가 없었다. 그래서 1시간
30분쯤 기다렸다가 저녁 7시 29분 KTX를 이용했다. 그것도 일반
석은 없고, 특실만 있었다. 부득이 특실을 끊을 수밖에 없었다.
미리 표를 끊어놓지 않은 결과였다.

금요일 저녁이 가장 붐빈다는 것을 간과해서 그랬다. 저녁 식사
도 역에서 간단히 해결했다. 운문사 회주스님에게서 받은 염주를
아들 녀석에게 주었다. 놈은 염주를 특히 좋아한다. 나에게 하얀
봉투를 하나 건넨다. 무엇이냐고 물었더니 첫 월급을 탔단다. 5만
원짜리 두 장이 들어 있었다. 엄마도 드렸느냐고 물어 보았다.
똑같이 주었다고 했다.

녀석은 앞서 오늘 퇴원하시는 할머니 병실에 들러 용돈을 드리고
왔단다. 시키지도 않았는데 기특했다. 아직 수습 기간이라 월급
이 적다. 그래도 식구들을 빠지지 않고 챙겼던 것. 자식 키운 보람
이랄까? 마냥 애기로만 보았던 놈이다. 어제 '행복학' 강의 시간에
행복의 4대 요소를 나름대로 설명했다. 건강, 가정, 친구, 돈 등을
들었다. 자식에게 돈까지 받았으니 어느 기쁨에 비유하랴. 행복이
배가됐다.

나는 영원한 작가를 꿈꾼다

집안 분위기

어제부터 집안 분위기가 더욱 따뜻해졌다. 장모님이 퇴원해 집으로 오셨기 때문이다. 집안에 어른이 계시면 좋다. 어른은 화목의 정점이다. 그런데도 어른들이 구박(?)받고 있다. 다들 나이를 먹는데 노인을 싫어해서다. 노인이 존경받는 것이야말로 아름다운 세상이다. 특히 혼자 계신 어른을 잘 모셔야 한다. 나이를 먹어도 부부가 함께 있으면 별 문제가 없다. 독거노인이 문제다.

자식이 잘돼도 부모님을 모시려고 하지 않는 게 요즘 세태다. 자식은 부모를 보고 배운다. 내가 부모님을 소홀하게 모시면 자식 또한 닮을 게다. 부모님을 정성껏 모셔야하는 이유다. 장모님은 어제 퇴원하자마자 다림질부터 하시겠다고 했다. 그동안 장모님이 입원한 뒤로 내 바지와 와이셔츠는 내가 다려 입었다. 군대에서 해본 경험이 있기 때문에 다림질은 어렵지 않다. 집안에서 무언가 하려고 하는 것이 우리네 부모들이다. 어쨌든 장모님이 오래오래 건강하시면 좋겠다.

지금보다 나빠지지만 않으면 된다. 더도 바라지 않는다. 오늘도 일요일 근무하러 회사에 나간다. 아침에 한강을 다녀온 뒤 나갈 참이다. 걷는 즐거움을 만끽하기 위해.

동명이인

동명이인이 참 많다. 페이
스북도 마찬가지다. 찾기
검색을 보면 '궁금한 친구나
장소를 검색해 보세요'라고
나와 있다. 여기서도 내 이름
은 하나다. 동명이인이 없다
는 얘기다. 그럼 좋은 이름
일까? 한 번 들으면 잊어버리

지 않는 이름이라곤 한다. 네이버나 다음 등 포털에도 내 이름은
한 명만 나와 있다. 그런데 얼마 전 똑같은 이름을 발견했다. 군산
대학에 오풍연 교수가 있었다.

내가 그곳에 가서 강의했을 리는 없다. 전북일보가 보도했다.
하지만 그분은 페이스북을 하지 않는 것 같다. 가까이 있으면 한
번 만나보고 싶다.

'오풍영'이라는 분은 만나본 적이 있다. 지인께서 이름이 비슷하
다고 자리를 주선했다. 그 분은 모 건설회사 대표를 하고 있었다.
인연은 이름에서도 비롯된다. 인연을 소중히 여기는 나에겐 특히
그렇다.

동갑내기들

　바로 그날이다. 쥐띠방 친구들이 만나는 날이다. 60년생 쥐띠들의 모임. 단지 동갑내기라는 이유만으로 태어난 모임이다. 4년 정도 됐다고 한다. 나는 지방에 있는 한 친구의 권유로 얼마 전 가입했다. 회원 가운데 막내일 듯싶다. 나 역시 이런 만남은 처음이다. 구성원 면면을 보더라도 가장 수수한 모임이 될 것 같다. 나와 같이 평범한 사람들의 만남이다. 이미 만난 적이 있는 세 사람을 빼고 모두 낯선 사람들이다. 그렇지만 동갑이라는 공통분수가 있다. 서먹서먹할 리도 없다. 말을 높이지 않아도 될 터다.

　사실 나는 쥐띠지만 개띠 친구들이 많다. 사회에서 만난 친구들은 모두 개띠다. 그들이 두 살 많지만 친구처럼 말을 트고 지낸다. 쥐띠는 고교 친구 말고는 처음이다. 개띠 친구들보다 더 허물이 없을 듯싶다. 여자 친구도 여럿 있단다. 몇 명이나 나올지는 모르겠다. 가급적 많이 봤으면 좋겠다.

　지하철 노선이 편리한 사당역에서 만나기로 했다. 나를 이 모임에 소개한 전주 친구도 올라온단다. 태생이 비슷하니 생각도 크게 다르지 않을 것으로 본다. 재미있는 모임으로 발전했으면 하는 바람이다. 그런 의미에서 기대가 작지 않다. 신나는 세상이다.

장인 제사 모시기

음력 3월 15일. 21년 전 돌아가신 장인의 제삿날이다. 밤에 제사 지내는 대신 낮에 절에서 불공을 드렸다. 물론 나는 근무 때문에 참석하지 못했다. 아내와 아들 녀석, 처제 부부, 처 작은아버지가 가족 대표로 참석했다. 지난 주말 퇴원한 장모님도 다리가 불편해 못 가셨다.

올해부터 집안 제사를 안 지내기로 했다. 장모님의 제안에 따라 절에서 모시기로 한 것. 추석과 설 차례도 절에서 지낸다. 스님이 제사를 정성껏 지내 주신다. 서운한 감도 없지 않다.

만 20년 동안 내가 모셨는데. 처남이 없는 관계로 내가 제주 역할을 해왔다. 가끔씩 경기도 안산 절에 따라가 아쉬움을 달랜다. 장인의 모습이 생생하게 다가온다.

처갓집은 딸만 둘. 내가 맏사위다. 장인의 사위 사랑도 대단하셨다. 아들이 없는 탓인지 나를 아들처럼 아끼셨다. 함께 모신 것은 불과 석 달이 채 못 된다. 간암에 걸리셔서 서울 우리 집으로 모셔왔다. 돌아가시기 이틀 전까지 나와 보신탕을 드셨다. 그것이 마지막 식사였다. 소주를 좋아하셨던 장인어른. 살아 계시다면 소주 한 잔 나누고 싶다.

손주환 사장님

장인의 사위 사랑. 내 7번째 에세이집인 '그곳에는 조금 다르게 행복한 사람들이 있다' 37쪽에 나오는 두 주인공을 만났다. 손주환 전 서울신문 사장님과 SBS 8시 뉴스 진행자인 김성준 앵커. 김 앵커는 손 사장님의 맏사위다. 용산 국립박물관 안에 있는 한식당 '마루'에서 만났다. 점심 내내 장인의 사위 사랑을 느낄 수 있었다. 김 앵커 또한 장인에 대한 존경심이 묻어났다. 정말 부러웠다. 우리 장인어른은 1993년 돌아가셨다. 아버지는 그보다 앞서 1974년 작고하셨다.

손 사장님과 나는 사장 대 노조위원장으로 처음 만났다. 내가 1997년 서울신문 노조위원장을 할 때 사장을 지내셨다. 그 뒤로 한 번 뵙고서 오늘 처음 인사드렸다. 만 16년 된 것 같다. 여전히 젊음을 유지하고 계셨다. 며칠 전 희수연77세을 했다고 김 앵커가 전했다. 얼굴에 건강이 그대로 쓰여 있었다. 너끈히 100세를 넘기실 것 같았다. 손 사장님의 부친도 96세까지 장수하셨다고 했다.

주중에는 경기도 양평에 계신다. 주말에는 서울로 올라와 아들, 딸, 사위, 며느리, 손주들과 함께 보내신다고 했다. 최고의 행복이다. 가족의 오붓함을 보는 것 같았다. 두 시간 가까이 점심을 했다. 김 앵커는 회의 때문에 먼저 자리를 떴다. 양평으로 손 사장님

을 찾아볼 계획이다. 사장님도 흔쾌히 방문해 달란다. 그때는 소폭
도 몇 잔 하기로 했다. 오랜만에 기쁜 만남을 가졌다. 손 사장님의
건강을 기원한다.

김용석 회장님과 김종국 총장님

아주 멋지게 사시는 두 분과 저녁을 하기로 한 날이다. 김용석 에스틸 회장님과 김종국 동반성장위 사무총장님. 지난해 가을 처음 뵈었던 분들이다. 사실 만난 지는 오래되지 않는다.

그럼에도 무척 가깝게 느껴진다. 비교적 자주 뵈어서 그럴 게다.

김용석金鏞錫 회장님은 이름에 쇠 금金 자가 3개나 들어있다. 이름처럼 쇠를 가공하는 사업을 하고 있다. 우리나라에서 가장 무거운 제품을 만든다. 에스틸은 무정년, 무해고, 무체임을 실천하는 회사로도 유명하다. 그동안 언론에도 여러 차례 보도됐다. 내가 자처해 그 회사의 고문을 맡고 있기도 하다.

김 총장님 역시 정열이 대단한 분이다. 대기업과 중소기업의 상생을 위해 밤낮을 가리지 않는다. 그렇게 열심히 사시는 분도 많지 않을 듯싶다. 동에 번쩍, 서에 번쩍 한다. 현장을 중시하는 실천가 타입이다. 두 분 모두 나의 7번째 에세이집에 추천사를 해주셨다. 늦게나마 저녁을 대접하려고 약속을 잡았다. 즐거운 자리가 될 것 같다.

나에게 문학이란?

어떤 글을 잘 썼다고 할 수 있을까? 사람마다 관점이 다를 게다. 나도 글을 쓰는 입장에서 남을 평가하지 않는다. 누구든지 혼신의 힘을 다한다. 자기 스스로는 못 썼다고 생각하지 않을 것이다. 남이 이러쿵저러쿵하는 것은 결례라고 생각한다. 그저 느끼면 될 뿐이다. 물론 평론가들도 있긴 하다. 그들은 직업으로서 남을 평가한다.

나도 내 글에 대해 잘 썼는지, 못 썼는지 모른다. 다만 있는 그대로를 최선을 다해 쓴다고 할 수 있겠다. 한 사람이라도 읽어준다면 고마울 따름이다. 내가 생각하는 문학은 삶 자체다. 문학을 거대한 장르로 생각하지 않는다. 결국 문학도 삶의 연장선상에 있다. 살아가는 얘기를 일기 형식으로 풀어 쓰는 이유다.

시시콜콜한 얘기까지 글로 옮기느냐고 하는 분들도 있다. 나와 관점의 차이는 분명이 있다. 옳고 그름 역시 독자들이 판단할 몫이다. 작가에게 독자는 제왕이다.

페이스북을 일시 중단한 이유

"페이스북 활동을 잠정적으로 중단합니다. 세월호 선체를 인양할 때까지 글을 올리지 않을 계획입니다. 때론 '침묵'이 낫다고 판단해서입니다. 제가 신문에 쓰는 칼럼이나 사설 역시 게재를 멈추겠습니다. 그동안 관심을 보여준 페친들께 거듭 감사를 드립니다. 사고가 모두 수습된 뒤 뵙겠습니다. 고맙습니다."

2014년 4월 20일 페이스북에 올린 글이다. 세월호 참사에서 내가 할 수 있는 유일한 행동으로 봤다. 더 이상 글을 올리는 것이 무의미하다고 판단했던 것이다. 밝고 희망찬 글을 써왔기에 유가족들의 아픔을 외면할 수 없었다. 이보다 앞서 참사가 발생한 4월 16일 저녁부터 글쓰기를 중단했다. 페이스북이나 트위터, 밴드 등에 어떤 글도 올리지 않았다.

다만 페친 등에게 그 이유는 설명했다. 빨리 사고가 수습됐으면 좋겠다. 페친, 트친들과도 다시 만나고 싶다. 그런 날은 반드시 올 것이다.

페이스북 중단 첫날

페이스북 활동을 잠정 중단하기로 한 첫날이다. 페친 및 독자들과 소통을 하지 못하는 것이 아쉽다. 그래도 나 자신과 한 약속이기 때문에 지킬 생각이다. 매일 새벽 독자들과 만나는 것으로 하루를 시작했다.

거의 날마다 두세 시쯤 글을 올렸다. 하루라도 빠지면 무슨 일이 있느냐는 질문을 받기도 했다. 그들을 위해서라도 자판을 두드리곤 했다. 세월호 선체가 인양돼야 페친들을 다시 만난다. 얼마나 시간이 걸릴지 모르겠다. 워낙 덩치가 큰 배라 끌어올리는 게 쉽지는 않을 것 같다. 외신들도 역사상 가장 어려운 인양 작업이 될 것이라고 보도한다. 그래도 우리나라 잠수부들의 실력을 믿는다.

무에서 유를 창조하는 우리 국민이다. 진도 앞바다보다 수심이 10배나 깊은 서해에서도 천안함을 인양한 바 있다. 4년 전 이맘때다. 페친들을 빨리 만나고 싶다. 오늘 새벽도 두 손 모아 빈다.

눈물 흘린 날

나는 거의 눈물이 없는 편이다. 더러 지독하다는 얘기도 듣는다. 지금까지 서럽게 울어본 기억이라곤 딱 두 번이다. 부모님이 돌아가셨을 때다. 아버지는 1974년 중2 때 돌아가셨다. 학교에서 숙직을 하다가 연탄가스를 마시고 운명했다. 그야말로 청천벽력 같았다.

위로 누나와 형, 아래로 남동생과 여동생이 있었다. 우리 5남매를 어머니가 농사를 지으며 뒷바라지를 했다. 어머니도 2008년 돌아가셨다. 아버지 때보다도 어머니가 숨을 거두셨을 때 더 슬프게 운 기억이 난다. 이번 세월호 참사를 보면서 속으로 많은 눈물을 흘렸다. 학교에서 강의를 하는 동안에도 가슴이 울컥울컥했다. 그 어린 학생들을 생각하면 가슴이 미어진다.

부모들의 심정은 어떻겠는가. 하고 싶은 말이 많아도 참으려고 한다. 구조 현장에서 기적이 일어났다는 소리를 듣고 싶다. 모두 같은 바람을 가지고 있을 터다.

투명사회 요원한가?

여러 지인들이 고전하고 있다. 말할 것도 없이 돈 때문이다. 공장도 돈이 돌아야 정상적으로 가동된다. 돈가뭄에 시달리고 있는 것이다. 담보가 없으면 대출도 받을 수 없다. 동맥경화와 같달까?

조그만 사업을 하는 선배와 점심을 함께했다. 한때 잘 나가던 선배다. 지금도 그럭저럭 회사를 운영하고 있지만 머지않아 접어야 될 것 같다고 한다. 남는 것이 없기 때문이다. 빼앗기는 것이 너무 많다고 하소연한다. 이른바 '갑질'을 견디지 못하겠다는 것. 현장에서는 갑을 관계가 여전하다. 손을 벌리는 사람이 한두 명이 아니란다.

그럼 무엇이 남겠는가. 여기저기 떼어주다 보면 손에 쥐는 것이 없을 터. 사업할 마음도 안 생길 게다. 투명한 사회는 말뿐이다. 실천이 아쉽다.

세월호 트라우마

세월호 참사를 보면서 느끼는 바가 많다. 무엇보다 우리 사회의 안전 불감증을 지적하지 않을 수 없다. 매뉴얼이나 시스템이라곤 찾아볼 수 없었다. 어느 것 하나 제대로 된 것이 없었다는 얘기다. 어쩌다 이렇게 됐을까? 누구의 책임일까?

모두 남 탓만 한다. '내 탓이오' 하는 이는 찾아보기 드물다. 부끄러움의 결정판을 보는 느낌이다. 모든 국민이 트라우마에 빠졌다. 의욕도 떨어졌다. 일손이 손에 잡히지 않는다고 아우성이다. 그러나 우리는 다시 일어나야 한다. 여기서 머물 수는 없기 때문이다. 나에게도 큰 변화가 왔다.

분신처럼 여기던 페이스북 활동도 중단했다. 멤버가 1명도 없는 밴드를 새로 만들어 글을 쓰는 까닭이다. 나는 우리 국민의 능력을 믿는다. 어려움을 잘 헤쳐 온 우리 민족이다. 이번 사건 역시 슬픔이 크지만 잘 극복하리라고 본다. 모두 힘을 내자.

인상도 가꿀 필요가 있다

우리 집은 네 식구. 장모님과 우리 부부, 아들 녀석이 식구의 전부다. 풍족한 편은 못 되지만 집안 분위기는 포근하다. 집안에서 큰 소리가 나지 않는다. 나 역시 지금껏 한 번도 화를 내본 적이 없다. 물론 직장에서도 마찬가지다.

'정말 그럴 수 있느냐'고 묻는 분들도 적지 않다. '그렇다'고 대답한다. 나도 사람인데 화날 일이 왜 없겠는가. 즉각적인 반응을 보이는 대신 조금만 참으면 된다. 대부분의 사람들이 화를 내고 낸 다음 후회한다. 후회할 일은 할 필요가 없다. 내가 살아가는 방식이기도 하다.

그래서 인내심이 필요하다. 인내심은 어떤 무기보다도 강하다. 사람의 얼굴을 보면 마음의 상태를 알 수 있다.

편안한 얼굴이 가장 좋다. 태어날 때부터 인상이 나쁜 사람은 없다. 성장하면서 변해 가기 때문이다. 마음먹기에 따라 인상도 바뀐다. 인상도 가꿀 필요가 있다.

친구여, 부디 잘 가라

시골 초등학교 친구가 오늘 아침 세상을 떴다. 심장마비로 쓰러져 병원으로 옮겨졌으나 깨어나지 못했다. 청천벽력 같은 소식이다. 참으로 슬프고 안타깝다. 청우회靑友會라는 모임을 함께해온 친구다. 엊그제 일요일 저녁도 또 다른 모임에 나왔다가 들어갔다고 한다.

정도 많은 친구다. 그날 밤도 집에 들어가 친구들에게 메시지를 보냈다. 그 친구와는 초등학교 1학년부터 5학년까지 한 반을 했다. 나는 5학년 말에 대전으로 전학을 가서 같이 졸업하진 못했다. 나이는 또래의 우리보다 두 살 많은 친구다. 경기도 성남에서 가내수공업을 하면서 성실하게 살아온 녀석.

법 없이도 살 친구인데 너무 일찍 갔다. 결혼을 늦게 한 탓에 아직 아이들도 어리다. 가족들의 슬픔은 얼마나 크겠는가. 오늘 저녁 빈소에 갈 예정이다. 친구여, 부디 잘 가라.

죽음을 생각하는 하루

　죽음. 생각만 해도 끔찍하다. 한 번 죽는 인생이지만 누구든지 피하고 싶어 한다. 태어날 때는 순서가 있어도 죽음은 그렇지 않다. 죽음을 맞이할 각오가 되어 있는가. '그렇다'고들 대답한다. 이는 살아있을 때의 얘기다.

　대부분의 사람들이 막상 죽음의 문턱에 서면 생각을 바꾼다. 자신은 죽는다고 생각하지 않는 것이다. 그래서 한마디 유언도 못하고 떠나는 경우가 많다. 21년 전 돌아가신 장인도 그랬다. 간암 선고를 받고 복수가 차오르는데도 헛배가 부른 것이라고 했다. 죽음을 생각하기 싫었던 것. 결국 의식을 잃고 쓰러진 뒤 10시간 만에 돌아가셨다.

　6년 전 돌아가신 어머니도 마찬가지였다. 신장암이었는데 유언은 남기지 못하셨다. 그렇다면 미리 유언장을 써 놓아야 할까? 직장 동료들과 점심을 먹으면서 죽음 얘기를 했다. 여섯 가운데 유언장을 쓴 사람도 1명 있었다. 유언장은 죽음을 받아들이는 것. 그것 또한 쉽진 않을 터다. 이래저래 죽음은 어려운 과제다.

친구 상가에 다녀와서

　친구 상가에 다녀왔다. 우리보다 먼저 간 것이다. 가만히 있어도 눈물이 난다. 자식, 뭐 그리 바쁘다고 일찍 세상을 떴나. 초등학교 친구들이 빈소에 많이 왔다. 지난해 겨울 모임에서 내 신발을 신고 갔던 친구다. 나는 신발을 잃어버려 슬리퍼를 신고 왔다.

　딸만 셋이다. 빈소에는 친구 부인과 딸 셋이 나란히 있었다. 친구에게 세 번 절을 했다. 술을 좋아했던 친구다. 소주를 가득 부어 바쳤다. 놈이 알까? 살아 있는 우리는 소주를 마셨다. 금방이라도 놈이 다가와 술한잔 하자고 얘기하는 것만 같다.

　우리 나이 쉰다섯. 놈은 한 살 더 많다. 적어도 20년은 살 터. 너무 빨리 갔다. 빈소에서 친구들과 얘기를 나눴다. 여름, 겨울 두 번의 모임 중 여름엔 친구 납골당을 찾자고 했다. 그렇게라도 해야 친구를 잊지 않을 것 같다. 남은 유가족을 잘 보살피련다.

고향 어른

　고향 아저씨와 점심을 함께했다. 아저씨는 올해 74세. 1974년 돌아가신 아버지가 아끼셨던 분이다. 초등학교 여자 동창의 아버지이기도 하시다. 그분도 24년 전에 서울로 올라오셨다고 했다. 그럼에도 처음 뵈었다. 죄송하기 이를 데 없다.

　점심을 하면서 소주 세 병을 마셨다. 물론 내가 많이 먹었지만 아저씨도 권하는 대로 드셨다. 친척 조카뻘이 예뻐 보여서 그러셨을 게다. 우리 오씨 집안은 단명한다. 집안 어른 중에 오래 사시는 분이 드물다. 그래서 아저씨께 "제가 열심히 하고 있고, 더 도약할 것이니 오래 사십시오."라고 말씀을 드렸다.

　사실 아버지와 같은 분이다. 먼 친척인 나를 자랑스럽게 여기신다. 내가 어찌 보답해야 할까? 내가 늘 강조하는 성실, 정직, 겸손 등을 바탕으로 부지런하게 살 생각이다. 앞으로도 열심히 살아야겠다.

마포대교와 자살

고향 친구가 한 줌 재가 되어 하늘나라로 갔다. 회사 행사 때문에 발인식에는 참석하지 못했다. 친구가 쓰러져 운명한 날 마포대교에 갔다 왔다. 마포대교는 우리나라에서 자살을 가장 많이 하는 다리다. 죽기 전까지 얼마나 번뇌를 많이 하겠는가. 지하철 5호선 여의나루역이나 마포역에서 내려 마포대교로 갈 터. 다리 양 난간에는 자살을 하지 말라는 글귀가 다닥다닥 붙어 있다.

어머니와 닮은 곳은 어디인가요? 이제 자신을 돌아보는 시간. 많이 힘들었구나. 아빠가 좋아? 속상해 하지 마. 한번만 더 나를 사랑하세요. 멋진 해피엔딩으로. 가슴을 쫙 펴라. 지금 힘드신가요? 당신의 이야기를 들어드리겠습니다. 제 손을 잡으세요. 지금 눈으로 보고 있는 바로 당신입니다. 힘든 일을 이겨낸 사람. 사랑을 꿈꾸시나요? 커피 한 잔 어때? 많이 힘들었구나. 별일 없었어? 오늘 하루 어땠어?

난간에 적힌 글귀를 휴대폰에 담아왔다. 그렇다. 자살만큼은 하지 말아야 한다. 한번만 더 생각하면 자살을 방지할 수 있다. 자살은 죄악이다.

언제쯤 페친을 다시 만날까?

언제쯤 페친들을 다시 만날 수 있을까? 세월호 침몰 사고가 난 4월 16일 밤부터 페북 활동을 중단했다. 이미 페친들에게는 그 이유를 밝힌 바 있다. 트위터도, 밴드도 하지 않고 있다. 메시지나 카톡으로 지인들의 소식 정도만 듣는다. 나도 페친들을 빨리 만나고 싶은 심정이다. 매일 새벽에 일어나 글을 써도 허전하다. 마음 한 구석이 빈 것 같다. 꼭 필요한 용무 외에는 전화 통화도 안하고 있다. 나만 그럴까? 많은 사람들이 그렇게 하고 있는 듯하다. 세월호 참사도 잊어서는 안 되겠지만 빨리 치유해야 한다. 그냥 여기서 머물러 있을 수만은 없기 때문이다.

우리 국민은 현명하다. 아픔도 씻을 수 있는 민족이다. 나부터 먼저 힘을 내야겠다. 나의 일상은 그대로다. 매일 글을 쓰면서 걷기를 멈추지 않고 있다. 우리에겐 내일이 있다. 희망을 잃지 말자.

내 탓이오

내가 한 학기 내내 강조하는 것이 있다. 정직이다. 학생들에게 그럴 자신이 있다면 강의를 듣지 않아도 된다고 얘기한다. 이번 세월호 참사를 보면서 거듭 느꼈다. 정직한 사람이 없다. 공무원도, 선장을 비롯한 선원도 그렇다. 책임을 떠넘기기에 급급하다.

이번엔 정상적으로 작동된 곳이 하나도 없을 정도다. 모든 게 엉터리로 드러나고 있다. 대한민국의 수치다. 선진국 반열에 올랐다고 떠들어온 우리다. 그런데 사고를 수습하는 과정을 보면서 한참 멀었다는 생각이 들었다. 정부도, 민간도 마찬가지다.

왜 '내 탓이오'를 하지 않을까? 오히려 정직하게 고백하면 좋으련만. 그것이 잘못을 뉘우치는 길인데도 모른다. 정직 또한 몸에 배야 한다. 거짓은 비겁하다. 언젠가는 들통날 일. 정직을 다시금 생각하게 하는 하루다.

페친 4,000명

페친이 4,000명 됐다. 따로 '반갑다'는 인사조차 남기지 못했다. 세월호를 인양할 때까지 페이스북에 글을 남기지 않겠다는 약속을 지키기 위해서다. 나중에 인사드릴 작정이다. 페친은 5,000명까지 가능하다.

요즘은 페친 신청을 해오는 분들과만 친구 관계를 맺고 있다. 무슨 영문인지 몰라도 한 달간 친구 신청을 할 수 없다는 메시지가 뜬다. 세월호 침몰 사고 이후 페북도 온통 그 소식뿐이다. 내가 페북을 닫은 이유이기도 하다. 나 아니더라도 많은 분들이 애도의 글을 남기고 있다. 나는 신문에 사설과 칼럼만 쓴다. 배가 커서 언제 인양할지 모른다. 그때까지는 약속을 지킬 생각이다. 페친들도 이해해 주리라 믿는다.

확인되지 않은 유언비어가 나도는 것도 유감이다. 유가족들의 마음도 헤아려야 할 때다. 정부의 무능함은 이미 드러났다. 대대적인 수술이 필요하다. 그렇다고 비판만 해서는 안 된다. 앞으로 나아가야 하기 때문이다. 모두 반성하는 것이 맞다.

내키지 않는 운동

오늘 모처럼 운동을 나간다. 세월호 침몰 사고 11일째다. 그동안 1명도 구조하지 못했다. 첫날 174명 그대로다. 더 이상 구조는 기대하기 어려운 게 사실이다. 어찌 이런 일이 있을까? 조금 더 체계적으로 구조에 나섰다면 한 명이라도 구할 수 있었을 터. 사고 초기부터 우왕좌왕했다.

솔직히 운동하러 나가는 게 부담도 된다. 그렇다고 마냥 운신을 자제할 수만은 없는 일. 희생자를 기리면서 조용히 라운딩을 할 생각이다. 일선 공무원과 군인들은 운동할 꿈조차 꿀 수 없다. 분위기가 얼어붙은 탓이다. 언제 해제될지 모른다. 표정도 잘 관리해야한다. 웃는 얼굴이라도 카메라에 잡히면 몰매를 맞는 형국이다.

어제 열린 한미 정상회담에서도 박근혜 대통령의 표정은 내내 어두웠다. 대통령의 심정을 누구보다 잘 알 수 있을 것 같다. 애도는 하되 분위기를 살필 필요가 있다. 내수도 꽁꽁 얼어붙었다. 어려운 시국을 모두 슬기롭게 풀어 나가자.

나는 영원한 작가를 꿈꾼다

실수

한 음식점에서 작은 실수를 했다. 아내와 아들 녀석과 저녁을 먹으러 갔다가 겪은 일이다. 둘은 먼저 식당에 들어가 자리를 잡았다. 나는 주차를 하고 나중에 들어갔다. 손님이 꽉 차서 자리도 비좁았다. 우리 식구들을 발견하고 자리에 앉으려는 순간 일이 터졌다. 아르바이트 학생이 바닥에 올려놓은 빈 그릇을 발로 찬 것. 물론 일부러 그런 것은 아니다.

그릇에는 돼지갈비 양념 국물이 들어 있었다. 옆에 앉은 남자 손님과 내 바지에 국물이 튀었다. 둘 다 양념 자국이 크게 묻었다. 내가 먼저 손님에게 사과를 했다. 어쨌든 잘못은 내가 저질렀기 때문이다. 사단이 벌어지자 음식점 주인도 왔다. 바지를 닦으라고

물수건도 갖다 주었다. 나중 계산할 때 세탁비도 빼주겠다고 했다. 나는 잘못했으니 그렇다 치고 젊은 남자 손님은 여자 친구와 데이트 중이었다. 세게 나오며 따질 법도 한데 참는 것 같았다. 그렇게 고마울 수가 없었다.

큰소리라도 오갔으면 어떡했을까? 집에 돌아오면서 '조심성이 없다'고 아내에게 핀잔을 들어야 했다. 요즘은 참지 않는 세상이다. 위아래도 따지지 않는다. "아빠, 재수 좋은 줄 알아."라고 아들 녀석도 한 소리 한다. 사소한 말다툼 끝에 사람까지 죽이는 판국이다. 어떤 일을 하든 조심하는 게 최고다. 또 뼈저리게 느낀 하루였다.

나는 영원한 작가를 꿈꾼다

4월, 정말 잊고 싶다!

2014년 4월은 정말 잊고 싶다. 누군가 4월은 잔인한 달이라고 했다. 올해는 대한민국에도 그랬다. 세월호 사건은 두고두고 잊지 못할 것 같다. 전 국민이 우울증에 빠졌다. 오늘부터 사흘 남았다. 지우개로 지울 수 있다면 나머지 날짜를 모조리 지우고 싶다.

그래도 희망을 갖자. 나의 찬란한 5월을 기대한다. 무슨 낭보가 날아올 것 같은 느낌도 든다. 좋은 일이라고 해 보았자 무엇이 있겠는가. 그냥 막연하게 어떤 일이든 바라고 있는 것이다. 도전할 수 있는 일이 생기면 좋겠다. 나의 도전은 현재도 진행형이라고 밝힌 바 있다.

얼마든지 여력이 있다고 생각하고 있기 때문이다.

무슨 일인들 하지 못하랴. 위기는 곧 기회라고 했다. 위기를 두려워하지 않기에 기회는 오지 않겠는가. 이 새벽에 또 다시 나를 담금질한다.

노승열의 미 PGA 우승

세월호 참사 속에 기분 좋은 소식을 접했다. 미국 PGA에서 뛰고 있는 노승열 선수가 취리히 클래식에서 우승한 것. 월등한 기량을 과시했다. 23세의 어린 나이에도 불구하고 침착했다. 새벽 3시 챔피언조로 마지막 라운드 티샷을 했다. 상대는 미국의 키건 브래들리. PGA 선수권에서 우승한 적이 있는 선수다. 그러나 브래들리는 노 선수의 적수가 되지 못했다.

노승열은 2위 그룹에 두 타자 앞선 19언더파로 우승했다. 마지막 4라운드에서도 1언더파를 기록했다. 바람이 많이 불어 경기하는 데 애를 먹었다. 언더파를 기록한 선수가 손에 꼽을 정도다. 노 선수를 보면서 IMF 당시 박세리 선수의 경기 모습이 겹쳐졌다. 시름에 빠진 국민들은 박 선수의 우승으로 잠시 환호했던 기억이 난다. 이번에도 그랬으면 좋겠다.

노승열은 우승 소감을 묻는 질문에 세월호 참사 얘기를 꺼냈다. 희생자와 유가족을 생각하면서 더 열심히 쳤다고 했다. 자랑스럽다. 최경주, 양용은 선수의 대를 이을 재목으로 부족함이 없다. 한국을 더 빛내주기 바란다.

어느 페친과의 만남

　페이스북 활동은 잠시 중단했지만 페친들과는 계속 만나고 있다. 어제도 가정주부인 한 페친과 저녁을 함께 했다. 최근에 알게 된 분이다. 사연이 있는 분이었다. 서울에 살다가 충북 충주시 앙성면으로 내려가 전원생활을 하고 있었다. 남편의 방광암 투병을 위해서였다.

　그분은 페이스북을 아주 열심히 하고 있었다. 페친도 무척 많았다. 전원생활을 하면서 글과 사진을 함께 올렸다. 무엇보다 따스함이 느껴진다. 시골 풍경이 아름답다. 마치 서정시를 보는 것 같다.

　남편은 우리 또래. 지금은 거의 완치됐다고 했다. 외아들은 서울 집에서 공무원 시험 준비를 하고 있단다. 가족의 헌신적인 보살핌이 있으면 암도 이겨낼 수 있다. 페친을 보니 내조를 잘할 수 있을 것 같았다. 페이스북 활동도 적극적으로 하고 계신다. 아울러 남편이 쾌차하기를 빈다.

5월 연휴 계획

5월에는 쉬는 날이 많다. 어린이날과 석가탄신일이 휴일과 겹치지 않아서다. 그래서 5월 3일부터 6일까지 나흘간 쉰다. 5월 1일도 근로자의 날이라 절반만 근무. 휴식을 취할 수 있을 것 같다. 아직 구체적인 연휴 계획은 잡지 않았다.

4일(일)에는 안산 현불사에 갈 예정이다. 석탄일에 앞서 미리 당겨 가는 것이다. 세월호 유가족을 생각하면 마냥 좋아할 수만도 없다. 차분하게 보낼 생각이다. 직장 생활을 하면서 이렇게 쉬는 것도 드문 일이다. 아마 해외로 나가는 사람들도 많을 듯하다. 말 그대로 황금연휴다. 아들 녀석은 주 5일 근무를 하되 휴일이 없다. 제가 좋아서 하는 일이라지만 조금 안쓰럽다. 어쨌든 휴일이 기다려진다.

연휴 계획은 거창하게 잡아도 잘 지켜지지 않는다. 이런저런 사정이 생기기 때문이다. 식구가 아플 수도 있고, 뜻하지 않은 일이 생길 수도 있다. 그러나 구상을 하는 것만으로도 재미있다. 이번에는 아무 일도 생기지 않았으면 좋겠다.

나는 영원한 작가를 꿈꾼다

"아빠, 돈 벌기가 힘들어."

이틀 동안 아들 녀석의 얼굴을 보지 못했다. 놈이 저녁 근무를 하고 자정 넘어 집에 들어왔기 때문이다. 내 취침 시간은 10시 전후. 녀석이 돌아올 때까지 기다릴 수가 없다. 어제 오후에도 카톡에 "인재, 어제 오늘은 얼굴도 못 보았네. 이따가 밤에 보자." 라고 메시지를 띄우니 녀석이 얼마 뒤 "오늘도 그냥 주무세요. 12시 넘어야 집에 가요~"라고 답을 했다.

약속을 지키지 못하고 밤 10시쯤 잤다. 새벽 1시 30분쯤 일어나 거실로 나왔더니 놈이 텔레비전을 보고 있었다. 늦게 들어와 씻고 잠시 쉬고 있었던 것. 그래서 이틀 만에 얼굴을 보았다. 녀석을 힘껏 안아 주었다. 놈이 와서 "아빠, 돈 벌기가 힘들어."라고 하는 거 보니 사는 게 얼마나 힘든지 이제 깨달은 듯하다.

세상에 쉬운 일은 하나도 없다. 시련을 이겨내야 보람도 있기 마련이다. 녀석은 한국의 커피왕을 꿈꾸고 있다. 바닥부터 배우다 보니 지금은 육체노동을 한다. 놈에게 창업을 꿈꾸며 열심히 하라고 격려하고 있다. 나와 같은 월급쟁이를 시킬 마음이 없다. 어쨌든 자영업을 하게 할 생각이다. 녀석의 바람대로 이뤄질까?

나는 영원한 자가를 꿈꾼다

수습기자

파이낸셜 뉴스에 온 뒤 두 번째로 수습기자들과 마주했다. 17기 수습기자로 6명이 들어온 것. 남자 4명, 여자 2명이다. 88년 생이 4명, 86년생 1명, 90년생 1명이었다. 지난해는 여자 5명, 남자 3명이 들어왔다. 이번에 입사한 수습기자들은 아들 또래의 녀석들 이다. 한참 흥분에 들떠 있을 때다. 나도 28년 전 그랬다. 그런데 세월이 참 빠르다.

기자란 직업. 어느 직종보다도 역동적이다. 현장을 뛰다 보면 시간이 어떻게 가는지 잘 모른다. 지금의 나 역시 마찬가지다. 허무 한 느낌도 든다. 인생무상이랄까? 그래도 후회는 하지 않는다.

나도 1986년 12월에 입사해 9개월가량 수습 기간을 거쳤다. 수습이 끝나면 보통 사회부에 배치받아 경찰서를 출입하는데 나만 법조로 갔다. 서울신문에서 처음 있었던 일. 보통 경찰기자 1~2년 정도 하고 법조를 출입한다. 내가 법조를 친정으로 여기는 이유이기도 하다. 내가 좋아서 선택한 직업. 평생 기자의 길을 가련다.

　5월 첫날이다. 새로운 희망을 가져본다. 세월호 참사가 난 지난달 16일부터 내 생활도 암흑기였다. 희생자를 추모하는 차원에서 스스로 은둔 생활을 했다. 최소한의 사람만 만났다. 이제는 달라져야 한다. 납작 엎드려 있다고 해결될 일이 아니다. 경기를 되살릴 필요가 있다. 퀵 서비스 등 일용직 근로자들이 매우 힘들어한다. 일감이 확 줄었기 때문이다.

　사회 전반이 우울증에 빠진 느낌이다. 신문이나 방송 등 언론의 책임도 크다. 날마다 우울한 소식을 전하고 있는 까닭이다. 밝은 소식은 찾아볼 수도 없다. 내일은 대구에 강의하러 내려간다. 세월호 사고 전체를 되짚어볼 계획이다. 학생들의 얘기를 들어보려고 한다. 그들은 어떤 시각으로 이번 사고를 보고 있는지. 이미 카톡으로 강의 주제를 보냈다. 사설이나 칼럼을 쓰면서도 마음이 무겁다. 죄인 아닌 사람이 없다. 그런데도 남 탓만 한다. 나부터 반성하고 있다.

나는 영원한 작가를 꿈꾼다

159

chapter 03

행복은 멀리
있지 않다

다시 말해 행복은 상대적이라는 얘기다. 행복 역시 자기가 만들어야 한다. 남이 만든 행복의 잣대에 자기 것을 끼워 맞출 순 없다. 나의 행복관은 지극히 간단하다. 세 끼 밥 먹고, 잘 자고, 잘 싸면 그만이다. 거기에 찾아오는 친구가 있으면 금상첨화. 혼자는 외롭기 때문이다.

행복이란?

　지금 이대로 만족해야 하나. 그리고 나는 누구인가. 죽을 때까지 고민해야 할 문제일 듯싶다. 자기 삶에 100% 만족하는 사람은 없을 터. 행복 지수 또한 사람마다 다를 것이다. 행복은 추상적인 개념이다. 행복해 보일 법한데 그렇지 않은 사람들이 많다. 불행해 보일 것 같아도 행복해하는 사람들도 적지 않다.

　다시 말해 행복은 상대적이라는 얘기다. 행복 역시 자기가 만들어야 한다. 남이 만든 행복의 잣대에 자기 것을 끼워 맞출 순 없다. 나의 행복관은 지극히 간단하다. 세 끼 밥 먹고, 잘 자고, 잘 싸면 그만이다. 거기에 찾아오는 친구가 있으면 금상첨화. 혼자는 외롭기 때문이다. 돈이 많다고 행복할까? 행복의 수단이 될지 몰라도 근원적인 단초는 안 된다고 본다.

　무엇보다 마음이 평온해야 한다. 그래야 행복을 느낄 수 있다. 마음이 불안하면 조급해진다. 일도 잘될 리 없다. 그러려면 마음을 비워야 한다. 여백의 미랄까? 싱그러운 새벽에 나름대로 행복을 정의해 보았다.

행복은 멀리 있지 않다

　마포에서 한의원을 하고 있는 고교 2년 후배와 저녁을 했다. 아주 열심히 사는 친구다. 진료뿐만 아니라 학업, 취미 활동도 열심히 한다. 병원으로 찾아갔더니 나도 체질을 감별해 준다. 소양인이란다. 원래 열이 많은 편이다.

　마포의 전집으로 옮겨 소주를 마셨다. 유명한 만큼이나 손님이 많았다. 모듬전. 공덕동 지구대장으로 계신 지인도 합석했다. 전혀 경찰관 같지 않은 분이다. 그런 분만 있다면 경찰도 욕을 먹지 않을 터. 내가 1996년 서울시경 출입기자캡을 할 때 처음 만났다. 나보다 네 살 위. 호형호제하며 지낸다. 자주 보지 못해도 1년에 두 번 정도는 본다. 이처럼 지인들과 어울려 소주 한 잔을 나누면 그것이 행복 아니겠는가. 행복은 멀리 있지 않다. 가까운 데서 찾으면 된다. 행복하다.

인생 2모작

　선배의 상가에 갔다가 옛 지인들을 만났다. 기자 초년병 시절 사회부장으로 모셨던 선배도 만났다. 연세에 비해 정정하셨다. 연락도 못 드린 것이 죄송스러웠다. 마침 내 책이 있어 사인을 해 드렸다. 상가를 나오려다 안면이 있는 분이 계셔 상주께 여쭤 보았다. 법무부 교정국 간부로 있던 분이다. 올해 74세.

　나를 보고 아주 반가워하셨다. 옛날 얘기를 떠올렸다. 몇 분은 이미 세상을 떠나셨다고 했다. 이제 우리도 퇴직할 나이가 됐다. 서울신문 입사 동기 가운데 두 친구가 정년퇴직한다.

　엊그제 입사한 것 같은데 나가야 되니 말이 안 나온다. 그래도 어찌하랴.

　인생 2모작을 해야 하는데 여의치 않다. 일할 능력과 의욕은 있는데 자리가 없다. 베이비 붐 세대가 안고 있는 고민이다. 70까지는 충분히 일을 할 수 있다. 55세 정년. 끔찍하다. 사회적 관심과 함께 대책이 절실하다.

나는 영원한 작가를 꿈꾼다

안산 현불사

5월 연휴 이틀째다. 첫날은 한강에 나가 두 시간 걷고 집에서 쉬었다. 운동하러 나온 시민들이 무척 많다. 자전거를 타는 사람, 달리는 사람, 걷는 사람 등 각양각색이다. 운동이 보약이라는 것을 아는 사람들이다. 운동은 해본 사람만 안다. 하지 않으면 몸이 찌뿌드드하다. 운동도 하다보면 마약처럼 중독된다. 나쁘지 않은 중독이다.

그래서 오늘도, 내일도 달리고 걷는 것이다. 오늘도 잠시 뒤 걸으러 나간다. 오전에 안산 절에 아내와 함께 가기로 했다. 그전에 운동을 하는 것. 한 달에 한 번 정도는 절에 간다. 불교 신자는 아니지만 절에 가면 마음이 편해진다. 절에서 먹는 점심도 맛있다. 원주 보살님의 음식 솜씨가 뛰어나다. 스님과 대화를 나누다 보면 시간이 어떻게 흐르는지 모른다.

내일과 모레까지 쉰다. 나흘간 연휴. 꿀맛처럼 즐기련다.

새벽 운동

　새벽 운동을 했다. 5시 40분에 출발해서 8시 17분에 들어왔다. 2시간 37분 동안 걸었다. 거리로는 17~18km쯤 될 듯하다. 내 걸음이 빨라 1시간에 7km 가량 걷는다. 영등포구청-목동교-양평교-양화교-염창교-한강합수부-성산대교-선유도-양화대교-당산철교-서강대교-마포대교-원효대교-여의도 샛강-파천교를 거쳐 집으로 돌아오는 길이다.

　아침 기분이 상쾌하다. 한강의 멋을 즐길 수 있다. 여의도 한강 둔치를 멋지게 꾸며 볼거리도 풍성하다. 인공 물길도 만들었다. 한강은 신이 서울시민에게 준 선물이다. 이처럼 넓은 둔치가 또 있을까? 세계 어느 나라 강도 이만큼 예쁘지 않다. 이제는 시민들이 잘 보존해야 한다. 훼손해서도 안 된다. 내 집 안마당처럼 가꾸어야 한다.

　안산 현불사에 갔다 오면 오늘 하루 일정은 끝. 신나는 연휴다.

사과는 내 주식

나는 사과를 무척 좋아한다. 과일 중 최고라고 생각한다. 새벽에 일어나 먹는 사과는 그렇게 맛있을 수가 없다. 두 시고 세 시고 눈을 뜨자마자 사과부터 1개 깎아 먹는다. 오늘 새벽도 마찬가지. 아예 주식으로 삼고 있다.

요즘은 사과 1개, 커피 한 잔으로 아침을 때운다. 아침 사과는 건강에도 최고라고 한다. 나 역시 느낀 바다. 아내를 따라 마트에 가도 사과는 꼭 챙긴다. 계절 과일은 많이 먹을수록 좋단다. 사과는 사시사철 먹을 수 있어 좋다. 냉장 보관을 하기 때문이다. 오랫동안 나를 괴롭혔던 위장병도 말끔히 나았다. 열심히 걷고, 사과를 먹은 것과 연관이 있지 않을까 싶다. 자연 치유라고나 할까?

식습관과 생활 습관을 바꾸는 것만으로도 치유가 가능할 터. 게다가 마음까지 비우면 금상첨화. 인생에 불가능이란 없다.

페이스북에도 예의를

페이스북에 글을 안 올린 지 20일째다. 난들 페친들을 만나고 싶지 않겠는가. 하지만 세월호 사고가 수습될 때까지 글을 올리지 않겠다는 약속을 지키기 위해 글을 올리지 않고 있다. 어느 시점이 되면 다시 글을 올릴 계획이다. 선체를 인양하기까지는 오래 걸릴 것 같다. 정부의 수습 종료 시점 발표에 맞출까 한다. 실종자 인양이 관건이다.

그런데 내 페이스북에 태그를 거는 분들이 더러 있다. 광고 내용이 들어있는 것도 있다. 페이스북의 성격과 맞지 않아 바로 지워버린다. 나를 야속하게 생각할지 모른다. 그러나 페이스북은 소통의 장이지, 광고의 장은 아니라고 본다. 정보를 공유하는 것과 광고는 다르다.

페이스북을 하면서 유념할 대목도 있다. 예의를 지키지 않는 분들이 더러 눈에 띈다. 본인의 낙서장으로 생각해선 안 된다. 페이스북은 만인들이 공유하는 소통의 장이다. 나 한 사람 때문에 마당이 혼탁해져서야 되겠는가. 명심하자.

연휴 마지막 날

나흘 연휴 마지막 날이다. 내내 가족들과 함께 보냈다. 외출은 단 한 번. 아내를 따라 경기도 안산의 절에 다녀왔다. 석가탄신일인 오늘은 차가 많이 밀릴 것으로 보고 이틀 전 다녀온 것. 커피숍에서 일하는 아들도 오늘은 휴무란다. 아내와 아들 녀석은 오후에 영화 보러 간다. 나는 열외. 영화에 별로 흥미가 없기 때문이다.

명색이 신문사 논설위원인데 문화 쪽은 깜깜이다. 영화, 연극, 오페라, 음악회 등 도통 관심이 없다. 물론 글의 소재로 삼지 못한다. 대신 초등학교 친구와 한강을 걷기로 했다. 내가 휴일마다 걷는 코스를 둘러볼 계획이다. 안양천, 한강을 따라 여의도를 한 바퀴 도는 코스다. 강, 숲, 건물이 펼쳐져 지루하지 않다. 팔뚝만 한 고기가 자맥질하는 장면도 볼 수 있다.

3시간가량 걸은 뒤 저녁 식사. 아직 메뉴는 정하지 않았다. 둘이 걸으면서 생각해볼 참이다. 연휴 마무리는 친구와 같이 하는 셈이다.

벗이 있어 즐거운 날이 될 것 같다. 벗 또한 인생의 동반자다.

절주를 선언하며

　그동안 술을 정말 많이 마셨다. 대학에 다닐 때는 거의 술과 살다시피 했다. 신문사도 술을 많이 마시는 곳. 28년째 기자생활을 하면서 술자리도 잦았다. 건강을 해치지 않은 게 다행이다. 어제도 고교 친구와 술을 먹었다. 빨리 마시는 것이 나의 음주 습관이다. 좋을 리 없다. 음미하면서 천천히 마시는 것이 좋은데 나쁜 버릇을 갖게 됐다.

　술을 마시지 않겠다는 각서도 여러 번 썼다. 그러나 지키지 못했다. 이제부터라도 절주를 해야 되겠다. 아내와 아들 녀석에게도 이 같은 약속을 지키겠다고 말했다. 여러 번 속은 아내는 내 말에 신빙성이 없어하는 눈치다. "자기, 그것을 지킬 수 있겠어?"라며 믿지 못하겠다는 투다. 아들놈도 마찬가지다. 엄마 편을 들어 아빠에게 "나도 아빠 말을 못 믿겠어요."라면서 한마디 한다.

　술을 아주 끊을 수는 없는 일. 나와의 약속이다. 이번만큼은 반드시 지키련다. 하늘에 계신 어머님께도 맹세한다. 그토록 바라시던 둘째 아들나의 절주다.

e-Book

7번째 에세이집인 '그곳에는 조금 다르게 행복한 사람들이 있다 에이원북스'도 e-Book으로 나왔다. 이북으로 빨리 나온 셈이다. 지금까지 e-Book으로 나온 책은 모두 5권. '남자의 속마음21세기 북스', '천천히 걷는 자의 행복북오션', '사람풍경 세상풍경북오션', '그래도 행복해지기공저, 북오션' 등은 이보다 앞서 e-Book으로 나왔다.

우리나라는 아직 e-Book이 자리를 잡지 못한 상태다. 젊은 층을 중심으로 서서히 영역을 확대해 나가고 있긴 하다. 그동안 단독으로 펴낸 책은 형식이 모두 똑같다. 장편 에세이다. 손바닥만 한 글이라는 얘기다. 내가 개척한 에세이의 장르라고 할 수 있다. 국내선 이처럼 짧은 에세이를 펴낸 사람이 없다. 한 페이지에 에세이 1개씩 실렸다. 원고지 분량으론 3.2장 내외. 단숨에 읽어 내려갈 수 있다. 지루하지 않은 장점이 있다고들 평한다.

현대는 속도의 시대. 내 글이 평가받을 날이 올까? 이 같은 형식을 계속 고집할 생각이다. 가능하다면 10권까지 내고 싶다. 나의 글쓰기는 지금도 진행형이어서 불가능한 일은 아니라고 본다. 다만 출판사 측이 원고를 받아주느냐가 문제다. 꿈을 향해 오늘도 자판을 두드리고 있다.

외부특강

　내일은 대구한의대에서 1학년 신입생을 대상으로 특강을 한다. 그 대학 보건대학장으로 있는 고교 친구가 초청을 했다. 오후 2시부터 3시까지 할 예정이다. 무슨 말을 해 주어야 할까? 기억에 남는 강의가 되었으면 한다.

　강의를 하는 사람도 중요하지만, 듣는 사람이 더 중요하다. 그냥 시간만 때운다고 생각하면 들으나 마나다. 무언가 기억을 하고 실천을 해야 한다. 그래서 강의를 할 때마다 한 가지라도 꼭 배우라고 얘기한다. 내가 강조하는 것은 실천. 말은 얼마든지 잘할 수 있다.

　그러나 실천이 따르지 않으면 소용이 없다. 내일 강의 테마 역시 성실, 정직, 겸손, 부지런함 등이다. 이 네 가지만 실천해도 성공을 앞당길 수 있다. 사실 한 가지만 실천해도 된다. 넷 다 연관성이 있기 때문이다. 학생들의 반응이 어떨지 궁금하다.

나는 영원한 작가를 꿈꾼다

오늘도 한강을 걷는다

　오늘 아침은 평소보다 몸이 무거웠다. 특별히 무리한 일도 하지 않았는데 찌뿌둥했다. 다른 때 같으면 아침 5시 30분쯤 집을 나서 운동을 했으나 늦게 나갔다. 간단하게 아침 식사를 한 뒤 한강을 향했다. 왼쪽 사타구니가 불편했다. 그러다보니 오른쪽 다리에 힘이 더 갔다. 걸음도 완전해 보이지 않았다.

　당연히 속도도 느려졌다. 그래서 걷는 거리를 줄였다. 왕복 8km 정도만 걸었다. 점심은 목동 현대백화점에 가서 파스타로 때웠다. 보통 휴일 코스다. 물론 아내와 함께한다. 내일도 일요일 근무. 아침에 운동을 하고 출근할 참이다. 일주일이 거의 같은 패턴이다.

　일요일을 포함해 주 5일 근무하고, 금요일엔 대구에 강의하러 간다. 금세 일주일이 지나간다. 다음 주도 마찬가지일 터. 시간은 돈이라고 하는데. 금쪽같이 아껴 써야 한다. 하루를 길게 쓰는 이유이기도 하다.

페친들과 다시 소통하다

5월 16일부턴 페친들과 다시 소통을 해야 되겠다. 당초 세월호를 인양할 때까지 페이스북 활동을 중단하려고 했었다. 약속을 철석같이 지키는 편이어서 고민도 많이 했다. 그런데 인양 시기를 마냥 기다릴 수 없을 것 같다. 몇 달이 걸릴 지도 모른다. 또 인양한다고 해서 끝날 일도 아니라고 본다.

그래서 한 달을 복귀 시점으로 잡았다. 나의 일상을 궁금해하는 분들도 많았다. 물론 아무 탈 없이 잘 지냈다. 평소와 다를 바 없었다. 다만 외부 약속을 자제했다. 지인들에게서 두문불출하느냐고 약간의 항의(?)도 받았다. 자초지종을 설명하면 이해를 했다. 5월도 정말 좋은 계절이다. 대학 축제도 대부분 이 기간에 열린다.

내가 출강하고 있는 대경대도 다음 주 수요일부터 금요일까지 축제를 한다. 그래서 금요일 휴강을 하기로 했다. 대신 교수 골프 대회에 참석할 예정이다. 8팀쯤 출전할 것 같다고 한다.

교수들과 얼굴을 익히는 좋은 자리가 될 듯하다. 첫 외부 행사라고 할 수 있다. 맥주 파티도 기대된다.

나는 영원한 작가를 꿈꾼다

페이스북 쉴 때 한 일들

　아주 오랜만에 페친들과 소통하는 새벽이다. 눈을 뜨자마자 사과 1개를 깎아 먹은 뒤 커피와 함께 하루를 시작한다. 나의 일과는 365일 똑같다. 새벽 두세 시쯤 일어난다. 오늘은 조금 늦은 3시 30분 눈을 떴다. 그동안에도 변함이 없었다. 매일 글도 썼다. 다만 페이스북이나 밴드, 카카오스토리 등 SNS에 올리지 않았을 뿐이다. 글을 계속 쓰기 위해 1인 밴드를 만들어 거기에 올렸다. 회원은 나 한 명. 그러니까 다른 사람은 볼 수 없었다.

　페이스북 활동을 하지 않는 동안 슬픔도 있었다. 초등학교 친구가 심장마비로 세상을 떠났다. 유가족은 아내와 딸만 셋. 지난해 연말 모임 때 내 신발을 바꿔 신고 간 녀석이다. 정말 착한 놈인데 너무 일찍 갔다. 술과 담배를 무척 좋아했던 친구다. 그 친구를 먼저 하늘나라로 보낸 뒤 나도 약속을 하게 됐다. 스스로 절주 약속을 했다. 지금까지 워낙 술을 많이 마셨기에 줄이기로 다짐했다.

아내와 아들 녀석에게도 똑같은 약속을 했다. 아주 끊을 수는 없기에 절주를 선택했다. 남들에게 절대로 취한 모습은 보여주지 않을 계획이다. 사실 술이 센 편이어서 웬만큼 먹어서는 별로 티도 안 난다. 그렇다고 취할 정도로 먹어서는 안 될 일. 상한선을 정했다. 낮에는 소주 반 병, 저녁에는 소주 한 병, 폭탄주는 최고 3잔으로 낮췄다. 술을 먹지 않겠다는 각서는 여러 번 썼어도 나와의 진정한 약속은 처음이다. 약속을 지켜야 한다고 강조하는 나다. 페친들에게도 맹세한다. 이번만큼은 약속을 꼭 지키련다.

페이스북은 절친

페이스북은 역시 나의 절친이다. 활동을 다시 시작하니 숨통이 트이는 것 같다. 그동안 왠지 허전한 느낌이 들곤 했다. 어제 소통을 재개한 뒤 여러 페친들을 만났다. 물론 온라인 상에서다. 그래도 무척 반가웠다.

페이스북 활동은 나의 하루 주요 일과가 됐다. 매일 매일 흔적을 페이스북에 올리기 때문이다. 그 어떤 친구보다도 가깝다. 나와 속삭이는 대상이기도 하다. 일기를 쓴다고 하는 표현이 맞을 듯싶다. 새벽엔 보통 어제 일어났던 일들을 정리한다. 나를 다시 한 번 돌아보는 계기도 된다.

나 뿐만 아니라 페친들도 별고 없었던 것 같다. 다행스럽게 생각한다. 페이스북을 하면 서로의 근황을 어느 정도 알 수 있다.

깜깜이로 지내려다 보니 정말 답답했다. 오늘은 서울신문에서 함께 근무했던 동료를 여의도로 초대했다. 점심을 함께하려고 한다. 이달 말 정년 퇴직한다. 나를 성심성의껏 대해 주신 분이다. 시종일관 그랬다. 그래서 더욱 고맙다.

현직이 좋다

시중은행 본부장으로 있는 고교 친구와 여의도 공원을 한 바퀴 돌았다. 30분가량 걸으면서 이런 저런 얘기를 나눴다. 은행 본부장이면 행원으로서 거의 정상까지 올라온 것. 임원만 남았다고 할 수 있다. 실력도 중요하지만 연줄이 있어야 그 자리까지 올라갈 수 있다고 한다. 또 다른 '관피아'가 생각났다. 그래서 "자네는 아직 현직에 있지 않은가. 행복한 줄 알게나."라고 한마디 건넸다.

그렇다. 우리 나이50대 중반에 현직에 있으면 그만이지. 그런 점에도 나도 행복하다. 비록 촉탁이기는 하지만 논설위원으로 있으니까 말이다. 게다가 대학 초빙교수까지 투잡을 하고 있으니 말하면 잔소리다. 대우는 그 다음이다. 일할 공간을 가진 것만으로도 고맙게 생각해야 한다. 아침 회사에 출근할 때나, 금요일 새벽 대구에 내려갈 때 항상 느끼는 바다.

정말 기분 좋게 집을 나선다. 내가 그렇게 얘기하면 빈말이 아니냐고 반문하는 사람들도 있다. 직장에 염증을 느껴서 그럴 게다. 무엇보다 일터를 사랑해야 한다. 가족을 생각하더라도 그렇다. 가장의 책무이기 때문이다. 일의 소중함을 거듭 절감한다.

나는 영원한 작가를 꿈꾼다

민원, 더는 사양합니다

기자생활을 하다 보니까 민원도 적잖이 받는다. 기자라면 민원을 잘 해결할 것으로 보는 분들이 적지 않다. 실상은 그렇지 못하다. 세상이 바뀌었기 때문이다. 예전에는 민원이 그런대로 통한 적도 있었다. 그러나 지금은 대부분 시스템으로 돌아간다. 민원을 듣다 보면 정말 딱한 사람도 있다. 저절로 힘이 됐으면 하는 생각도 든다.

인허가 등 이권이 걸린 민원은 철저히 사양하고 있다. 오해를 살 소지가 있기 때문이다. 검찰을 오래 출입한 터라 지금도 나에게 민원을 하는 사람들이 있다. 특별 면회 요청이 가장 많다. 그다지 어려운 부탁이 아니기에 들어주는 경우가 많았다. 물론 죄질이 나쁜 사람은 사양한다. 잘 알고 지내던 판검사들도 대부분 현직을 떠났다. 그러니 민원을 부탁할래야 부탁할 사람이 없다.

민원의 경우 직접 알지 못하고 한 다리 건너면 소용이 없다. 그래서 요즘은 민원을 정중히 사양한다. 자초지종을 말씀드리면 고개를 끄덕인다. 사람 사는 세상에 민원이 없을 순 없다.

그래도 없는 것이 있는 것보다 낫다.

나의 종착점은?

날이 더워졌다. 5월 중순인데 한 여름을 방불케 한다. 어제 남쪽 지방은 30도를 넘었다고 했다. 서울도 더웠다. 매일 오후 네 시에 여의도 공원으로 나간다. 한 바퀴 돌기 위해서다. 조금 걸었는데도 땀이 났다. 이제는 낮 운동 대신 새벽 운동을 해야 할 것 같다. 여름에는 새벽 4시 30분쯤 동네 공원에 나가 운동을 하곤 했다.

운동이라야 걷는 것. 보통 40분~1시간 정도 빠른 속도로 걷는다. 걷고 나면 기분이 상쾌하다. 하루 종일 컨디션도 좋다. 오늘 아침엔 시내 롯데 호텔에 간다. 회사에서 주최하는 포럼이 있다. 내일까지 이틀간 행사를 한다. 외부에서 손님들이 많이 오신다. 나간 김에 롯데 호텔 지하에서 양복점을 경영하는 지인을 만나볼 계획이다.

나와 '나눔' 모임을 같이하는 분이다. 40여 년간 양복 외길을 걸어오고 있다. 한국양복점협회 회장도 지내셨다. 물론 기술도 최고다. 2년 전 서울신문 사장에 도전했을 당시 양복도 한 벌 선물 받았다. 수제 양복은 뭔가 다르다. 주례를 설 때 종종 입는다. 언론사 CEO가 나의 종착점이 됐으면 하는 바람이다.

종합소득세

　종합소득세를 신고하라는 고지서가 또 날아왔다. 제때 신고하지 않으면 가산세를 문다. 이 같은 고지서를 받은 것은 두 번째. 작년에도 고지서를 받고 세무서에 갔다가 황당한 일을 겪었다. 당연히 환급받겠거니 하고 기대를 했다.

　그런데 180만 원을 물어내라고 했다. 꼼짝없이 토해냈다. 과세를 회피할 순 없었기 때문이다. 소득이 몇 군데서 발생해서 그랬다. 올해는 어떨지 모르겠다. 고정소득은 세 군데서 나온다. 파이낸셜 뉴스와 대경대에서 급여를 받고 인세가 발생한다. 많이 받을 것 같지만 그렇지 않다. 유리알 지갑이어서 전부 노출될 뿐이다.

　외부 특강을 하고 받은 강연료까지 모두 잡힌다. 숨길 수도 없다. 소득이 많으면 세금도 많이 내는 것이 맞다. 그렇지 않아도 세무서까지 가려니 조금 귀찮기도 하다. 그래도 어찌하랴. 성실 납부는 국민의 의무다.

김다예

주례뿐만 아니라 작명도 가끔 한다. 물론 성명학을 배운 것은 아니다. 벌써 여러 명 이름을 지어 주었다. 회사 이름을 지어달라고 부탁하는 분들도 더러 있다. 부탁을 받고 사양을 한 적은 한 번도 없다. 최근에는 초등학교 친구 부인 이름을 지어 주었다.

이름이 촌스럽다며 개명을 권유받았다고 한다. 옛날 시골에서 태어나면 이름이 비슷비슷하다. 여자의 경우 '자' 자 돌림이 많다. 우리 집 누이와 여동생도 끝 이름은 자로 끝난다. 친구 부인 역시 끝 이름은 자. 한두 시간 공부를 하면서 이름을 연구했다. 다예多藝로 지어 주었다.

처음에는 애들 이름 같다면서 고개를 저었다. 그러더니 며칠 후 연락이 왔다. '다예' 이름을 쓰기로 했단다. 들을수록, 부를수록 괜찮았다고 했다. 친구 부인이 이름 턱을 내겠단다. 나름 보람도 느낀다.

교수 체육대회

오늘도 대구에 간다. 강의 대신 교수 체육대회에 참석하기 위해서다. 학교가 축제 기간이라서 교수들도 모처럼 운동을 한다. 대경대에서 초빙교수로 강의를 한 지 벌써 4학기째다. 이 학교는 경북 경산시 자인면에 있다. 유진선 설립자가 절친한 친구다.

지방에 있는 대학이다 보니 잘 모른다. 그러나 졸업생을 대면 금세 고개를 끄덕인다. 아이돌 그룹 인피니트와 탤런트 김우빈이 나온 대학이다. 모델과, 실용음악과 등에 강점을 지닌 학교다. 철저히 직업 위주로 학생들을 지도한다. 따라서 취업률도 높다. 이번 학기 내 강의를 듣는 학생은 모두 97명. 항공운항과, 패션스페셜리스트학과, 생활체육골프학과 등의 1학년 학생들이다.

교양 과목으로 주 2시간 수업을 한다. 강의 제목은 '행복학'. 한 달 뒤면 종강을 한다. 강의 시작과 함께 끝나는 느낌이다. 학생들의 인격 형성에 조금이라도 도움이 됐으면 하는 바람이다. 운동은 오후 2시부터. 끝나고 저녁 식사를 하면 밤늦게 서울로 올라올 것 같다. 교수들과 친목을 도모하는 것도 좋을 듯싶다. 해피 데이.

학생도 왕이다

이제는 교수들도 달라져야 한다. 학생들을 고객으로 모셔야
한다는 얘기다. 학생이 없는 학교는 아무런 의미가 없다. 수도권
대학은 몰라도 지방 대학의 경우 정원을 채우기 어렵다. 그렇다면
어떻게 해야 할까? 학생들을 적극적으로 유치해야 한다. 교수가
학생들을 찾아가는 수밖에 없다.

나도 그런 점에서 작은 노력을 하고 있다. 학생들과의 스킨십
강화다. 이번 학기 내 강의를 듣는 학생은 모두 97명. 첫 강의
시간에 그들의 전화번호를 모두 적어내도록 했다. 그리고 카카오
톡 채팅방을 만들었다. 대경대 학생 그룹 채팅방이다. 학생들에게
매일 글을 띄워준다. 물론 강의는 따로 한다. 일주일에 두 시간 강의
로는 부족한 점도 없지 않기 때문이다. 살아가는 얘기를 들려준다.

다른 대학 등에 특강을 가서도 내 전화번호를 남긴다. 그들과도
카톡방을 만들어 대화를 하고 있다. 희망자에 한해서다. 좋은 점
이 많다. 그래서 다른 교수들에게도 이 같은 방법을 권장하고 있다.
고객이 왕이라면 학생들도 왕이다.

친구는 인생의 보배

초등학교 친구 부부와 저녁을 했다. 그 친구가 우리 동네로 왔다. 시내에서 저녁을 하려다 동네 식당을 이용했다. 부부 동반 저녁은 지난해 겨울 이후 처음. 친구 부인의 이름을 지어주고 한턱 얻어 먹었다. 말하자면 작명 대가를 받은 셈. 광어 초밥 2인분에 모듬 튀김, 우럭 매운탕을 시켰다.

음식점이 크진 않지만 깨끗하고 음식도 제법 맛있다. 그래서 가끔 지인들을 이곳으로 초대한다. 물론 가격도 저렴하다. 주인과 주방장도 매우 친절하다. 우리 부부는 단골이어서 더 잘해준다. 2차 커피숍으로 자리를 옮겼다. 카페베네. 딸기 팥빙수와 라떼. 내가 신세를 많이 지고 있는 친구다. 1주일에 한 번은 여의도에서 만나 점심을 같이 하는 녀석이다. 부동산 임대업을 해 시간이 많은 편이다.

그 친구는 술을 거의 입에 대지 않는다. 주량이라야 소주 1~2잔. 내가 절주하기로 다짐한 것도 그 친구 덕이다. 얼마 전 술을 마시고 집까지 왔는데 그 친구 배웅하고도 기억이 가물가물했다. 술에 취했던 것. 이튿날 정신이 번쩍 들었다. 이래서는 안 되겠다 싶었다. 그래서 나와의 절주를 약속했다. 어쨌든 계기를 만들어준 친구가 고맙다. 친구에게서 좋은 기운을 받을 때도 있다. 친구는 인생의 보배다.

장경아 변호사

　내일 점심에는 페친을 만난다. 서초동의 자그만 로펌에 근무하고 있는 여자 변호사다. 이화여대에서 사회학을 전공한 분이다. 페이스북에서 처음 인연을 맺었다. 부모님은 광주에 계시다고 했다. 그동안 몇 차례 만났다.

　여러 명의 페친이 있지만 장 변호사와 가장 가까운 사이라고 할 수 있다. 나보다 한참 후배지만 말이 통한다. 물론 내가 법조 기자를 오래한 탓도 있을 게다. 지금까지 서너 차례 만난 것 같다. 약속을 하면 어기는 법이 없다. 영락없이 찾아온다.

　그때마다 느낌이 있다. 아주 유쾌한 여성이다. 전형적인 커리어 우먼. 일과 결혼했다고 할 정도로 열성적이다. 그분에게서 멋진 넥타이도 선물받았다. 결혼식 주례를 서거나 행사가 있을 때 종종 맨다. 내일 역시 즐거운 시간이 될 듯하다. 이처럼 인연은 소중하다.

새로운 한 주

　새로운 한 주가 시작됐다. 기분이 좋다. 어느 때보다 잠도 실컷 잤다. 매일 두세 시쯤 일어나는데 오늘 아침은 5시 일어났다. 이번 주는 목요일까지 점심 약속이 잡혔다. 오늘 저녁은 '여백회' 모임.

　법무부 정책위원을 함께했던 분들과 식사를 한다. 회원 가운데 한 분이 검찰을 떠나 금융감독원으로 자리를 옮겼다. 그 분의 이직을 축하하기 위해 마련된 자리. 특별 이벤트인 셈이다. 여백회는 원래 봄, 가을 두 번 만난다. 지난 달 봄 모임을 가졌었다.

　전체 회원은 8명. 여백회는 내가 산파역을 맡았다. 나보다 3~6살 아래인 검사 둘과 저녁을 하다가 제안을 했던 것. 두 친구는 흔쾌히 동의했다. 그런 다음 다른 정책위원들께도 연락을 드렸다. 모두 오케이. 모임 때마다 출석률도 높다. 이번 모임 역시 대부분 참석하실 것으로 본다. 대한민국 최고의 지성들이다. 하루를 힘차게 출발하자.

돈보다는 건강

'행복학'을 강의하면서 거듭 느끼는 게 있다. 건강의 중요성이다. 행복의 4대 요소를 나름대로 정리해 보았다. 건강, 돈, 가족, 친구. 모두 갖추기는 어려울 터다. 나 역시 마찬가지. 실제로 돈은 없다.

투잡을 가지고 있지만, 벌이는 신통찮다. 겨우 먹고살 수 있을 정도다. 아내에게는 항상 미안한 마음이다. 돈을 많이 벌어오지 못하는 남편이기 때문이다. 그래도 감사한 마음을 갖고 있다. 건강하고, 가족이 있고, 좋은 친구들이 있다. 모두 돈으로 채울 수 없는 것들이다.

돈에 대한 집착은 금물이다. 먼저 사람이 되어야 한다. 돈을 우선시하면 사람다운 사람이 될 수 없다. 물욕을 버려야 가능하다. 명심하자.

서울대 김태유 교수님

법무부 정책위원을 함께 했던 '여백餘白회' 회원들과 저녁을 했다. 나를 포함, 모두 6명이 참석했다. 전체 회원은 8명. 두 분은 개인적인 사정으로 참석하지 못했다. 검사 두 분박은석, 박균택, 교수 네 분허영, 박효종, 김태유, 김영천, 기업인 1명김성오, 언론인 1명나 등이다. 검사 2명은 나보다 아래. 나머지 5명은 연배가 위다.

특히 교수 네 분은 분야에서 인정을 받고 있는 석학들이다. 서울대 김태유 교수님의 국가개조론이 새삼 눈길을 끈다. 몇 해 전 펴낸 '정부의 유전자를 변화시켜라'라는 저서에서 이를 설파했다. 우리 공직사회의 문제점을 조목조목 파헤친 역작이다. 나도 한 장 한 장 꼼꼼히 읽은 기억이 있다. 이런 분들이 계시기에 우리나라의 미래는 어둡지 않다. 공직 사회가 변해야 함은 물론이다. 박근혜 대통령과 정책 입안자들도 이 책을 읽었으면 좋겠다.

모임에서는 세상 돌아가는 얘기를 주고받았다. 허영 위원장님은 항상 여유가 있으시다. 김태유 교수님은 정말 박학다식하시다. 김성오 메가스터디 대표님은 친형님처럼 다정다감하다. 두 검사는 올곧고 능력이 뛰어나다. 이런 분들과 함께할 수 있는 나는 행복한 사람. 행복이 멀리 있지 않다는 것을 거듭 깨우친 밤이었다.

글을 쓸 때 가장 행복해

올해로 기자생활 만 28년째다. 1986년 12월에 입사했다. 강산
이 세 번 변할 만큼 신문사 밥을 먹었다. 앞으로 얼마나 더 있을까?
그것은 나도 모른다. 내가 싫어서 그만두든지, 아니면 회사가 그
만두라고 하든지 할 것이다. 일단 30년은 채우고 싶다. 2년밖에
남지 않았다.

논설위원은 사설과 칼럼을 쓴다. 내가 맡은
분야는 정치와 사회쪽. 나라가 어지럽고, 사회
도 시끄러워 사설을 자주 쓰는 편이다. 1주일에
4~5번 사설을 쓸 때도 있다. 고정 '오풍연 칼럼'
은 2주일에 한 번. 미니 칼럼인 'fn스트리트'는
1주일에 한 번 쓴다. 책은 주로 새벽에 쓴다.
매일 두세 시쯤 일어나 전날 일어났던 일들을 일
기 형식으로 기록한다.

7번째 에세이집인 '그곳에는 조금 다르게 행복
한 사람들이 있다'는 그렇게 해서 나왔다. 6번째
에세이집 '천천히 걷는 자의 행복' 역시 새벽에
주로 썼다. 글을 쓸 때 가장 행복을 느낀다. 나의
생명이기 때문이다. 영원히 글을 쓰고 싶다.

습관도 무서워

매일 두세 시쯤 일어나니까 다섯 시에 일어나도 늦잠을 잔 것 같다. 사람의 습관이라는 게 이처럼 무섭다. 오늘은 예전과 마찬가지로 세 시 기상. 그저께와 어제는 다섯 시에 일어났었다. 다섯 시에 일어나면 왠지 쫓기는 기분이다. 씻고 출근하는 데 아무런 지장이 없는데도 그렇다.

눈을 뜨자마자 페친들과 만난다. 그 다음엔 밴드 회원들의 일상을 살펴본다. 물론 뉴스 검색도 첫 일과 중의 하나. 여유 있게 할 수 있어 좋다. 5월 중순인데 날씨는 한여름이다. 평일 낮엔 여의도 공원을 한 바퀴 도는데 땀이 제법 난다. 그늘이 있지만 더위를 식히기엔 역부족이다. 요 며칠 더 걷다가 새벽 운동으로 바꿔야 할 것 같다. 집에서 안양천을 따라 목동교-오목교-신정교를 왕복하면 6km가량 된다.

아침 운동으로 적당한 거리다. 한 시간 조금 못 걸린다. 오늘은 고교 친구와 점심. 내 사무실과 가까운 거리에 몇몇 친구가 있다. 가끔 차도 마신다. 어울려 사는 것도 행복이다.

나는 영원한 작가를 꿈꾼다

손 비는 오후

모처럼 손이 비는 오후다. 사설이나 칼럼을 쓰지 않았다. 총리 지명을 하면 사설을 쓰려고 준비하고 있었는데 오늘을 넘기는 것 같다. 어떤 분이 총리가 될까? 대통령도 고민이 많을 터. 점심은 고교 친구 두 명과 함께했다. 둘 다 금융권에 있다.

사천식 중국 요리. 매콤해서 우리 입맛에 잘 맞는다. 곁들여 마신 산토리 맥주도 일품. 직장인에게 가장 즐거운 시간은 점심. 이 시간만큼은 스트레스를 받지 않고 즐길 수 있기 때문이다. 나는 저녁 대신 점심 약속을 주로 한다. 이번 주도 마찬가지.

내일은 마포경찰서 지구대장으로 계신 분과 약속을 했다. 참 좋은 분이다. 본인이 경찰이라고 해도 믿지 않을 정도로 외모부터 착해 보인다. 사람은 얼굴에 심성이 거의 그대로 쓰여 있다. 착한 마음씨를 가진 사람이 제일 좋다. 그래서 나부터 착하게 살려고 노력한다.

목요일은 주말 기분

나에게 목요일은 사실상 주말과 같다. 회사일이 끝나는 날이기 때문이다. 매주 금요일은 대구에 강의하러 내려간다. 대신 일요일 근무를 한다. 종강도 얼마 남지 않았다. 6월 13일 종강. 바로 방학이다. 이번 학기는 아쉬움이 많다.

지금까지 휴강도 세 번이나 했다. 학생들 MT, 공휴일, 축제 등이 겹쳐 강의를 할 수 없었다. 6월 6일도 현충일이라 휴강을 한다. 따라서 강의가 세 번 남았다. 학생들이 나에게서 무엇을 배웠는지 모르겠다. 전공과목이 아니어서 가슴으로 느껴야 하는데 알 수 없다. 성실, 정직, 겸손, 부지런함 가운데 하나만이라도 배웠으면 하는 바람이다. 이 넷은 내 강의의 키워드다.

오늘은 대경대 21주년 개교기념일. 나도 행사에 초대를 받았지만 평일이라 내려가지 못한다. 그동안 장족의 발전을 했다. 직업전문학교로서 독특한 위상을 자랑하고 있다. 학교의 무궁한 발전을 기원한다.

"아들, 미안해."

사흘 동안 아들과 대화를 하지 못했다. 놈이 퇴근하는 것을 보지 못하고 일찍 잤기 때문이다. 녀석은 근무시간이 일정하지 않다. 주 5일 근무지만 휴일도 없다. 본인이 좋아하지 않으면 계속 할 수 없을 것 같다. 때문인지 이직도 잦다고 한다. 보수 역시 많지 않다. 식음료 업종이 그렇듯 커피숍도 마찬가지다. 그래서 놈에게

"커피왕 되는 것이 쉽겠니. 아무튼 열심히 해라."라고 얘기를 한다. 자정을 넘겨 퇴근할 때도 종종 있다. 나는 보통 10시 이전에 잔다. 내가 출근할 때 놈은 잔다. 더 자라고 깨우지 않는다. 하루 종일 서서 일하고 얼마나 피곤하겠는가.

요즘은 카톡으로 가벼운 대화를 한다. 녀석의 꿈은 자기 가게를 차리고, 브랜드를 만드는 것. 놈이 반드시 해낼 것으로 믿는다.

친구의 소중함

고등학교 동기들과 소통이 부쩍 잦아졌다. 페이스북과 밴드를 통해서다. 특히 밴드에서 이런 저런 대화를 주고받는다. 옛날 같으면 상상도 할 수 없는 일. 60이 가까워지는 친구들끼리 동심으로 돌아가 대화를 나누는 것 같다. 내가 밴드에 가입한 것은 얼마 되지 않는다. 대신 늦게 얼굴을 내밀었어도 열심히 활동하는 편이다.

하루에 1개 정도는 꼭 소식을 전한다. 소식이라야 소소한 일상. 누구와 만나고, 밥 먹는 정도의 얘기를 띄운다. 몇몇 친구들은 정말 열성적으로 한다. 그들이 있기에 밴드도 빛난다. 온라인 소통은 오프라인 만남으로 이어진다. 다음 주 수요일에도 고교 친구들을 만난다. 밴드에서 소통이 이뤄졌다. 함께 고등학교를 졸업했어도 얼굴을 모르는 친구들이 적지 않다. 특히 이과 출신들은 생소하다.

대전고를 졸업한 것은 1979년. 벌써 만 35년이 넘었다. 우리 나이 55~56세니까. 먼저 세상을 떠난 친구들도 여럿 있다. 이제는 남은 사람끼리 잘 어울려야 한다. 고교 친구들이 갈수록 소중함을 느낀다. 새벽의 상쾌함과 함께 하루를 시작한다.

짝사랑

다음 주 특강 주제는 '짝사랑'. 오늘 대구에 내려가 오전 강의를 마치고 식당으로 가는데 한 여학생이 따라와서 "교수님, 다음 시간에 짝사랑에 관해 얘기해주실 수 있나요?"라고 하자 즉석에서 '오케이'했다. 대학 1학년들이라서 당연히 사랑과 성에 대해 관심이 많을 것이다. '행복학'을 강의하면서 한 번도 얘기한 적은 없다. 나머지 학생들에게도 "다음 시간 특강 주제는 '짝사랑'입니다. 한 학생의 요청을 받아들였습니다. 연애담을 들려드리겠습니다. 어떠한 질문도 좋습니다."라고 단체 카톡을 보내니 많은 학생들이 바로 확인했다. 그들의 관심을 반영하는 것 같았다. 무슨 말을 들려줘야 할까?

내가 '연애 박사'는 아니다. 결혼 전에 몇 번의 미팅, 만남이 전부라고 할 수 있다. 따라서 에피소드도 남만큼 많지 않을 터. 하지만 진솔하게 경험담을 들려줄 계획이다. 나도 옛 기억을 되살린다고 생각하니 약간 흥분된다. 다음 시간이 기대된다.

새벽형 인간

    인생도 결국 모방이다. 옛 성현이나 윗사람들의 삶을 따라 한다고 할 수 있다. 사는 방식에 있어 창조는 거의 없기 때문이다. 이번 학기 강의를 하면서 학생들에게 강조해온 바다. 나에게서 적어도 한 가지는 배우라고 가르쳤다. 엄청난 지식도 아니다. 의지만 있으면 가능한 것들이다.

    어제 강의 시간에도 또 다시 힘주어 말했다. 아침에 일어나는 습관을 바꿔보라고 했다. 30분 내지 1시간 정도 기상 시간을 단축시켜줄 것을 주문했다. 그러면 아침 세상이 달라진다. 무엇보다 여유가 생긴다. 허겁지겁 부산을 떨지 않아도 된다. 남는 시간에는 일기 형식으로 기록할 것도 아울러 당부했다.

    아침 단상이랄까? 어제를 반성하면서 하루를 다짐하게 된다. 이런 습관이 하루 이틀 쌓이다 보면 큰 재산으로 바뀐다. 6개월, 1년, 몇 년이 지나면 완전히 다른 자신의 모습을 보게 된다. 새벽형 인간. 큰 성공은 못 거둘지 몰라도 실패는 적다고 확언할 수 있다. 이 새벽의 공기가 좋다.

가족 외식

오랜만에 가족 외식을 했다. 지난해 11월 장모님이 입원했다가 5개월 만에 퇴원한 뒤 첫 나들이였다. 아직도 두 지팡이에 의존해 겨우 걷는 정도다. 그래서 계단이 있거나 먼 거리는 갈 수 없다. 집에만 계시니 얼마나 답답하겠는가. 경기도 송추 가마골. 가끔 갔던 곳이다. 주말에는 사람들로 넘쳐난다.

그만큼 맛도 있고, 가격도 저렴한 편이다. 가마골 갈비를 시켰다. 모두 맛있게 먹었다. 갈비뿐만 아니라 밑반찬도 훌륭하다. 모든 음식이 신선하다. 손님이 많아서 그럴 게다. 특히 장모님과 아들 녀석이 좋아했다. 나는 물냉면, 나머지 셋은 공깃밥에 된장찌개.

모처럼 사위 노릇을 한 기분이었다. 그전에는 가족 외식을 종종 했다. 장모님이 잘 걸으시면 장거리 여행도 가능할 텐데. 가을쯤 가능할지도 모르겠다. 그때를 기대해 본다.

세금 폭탄

또 다시 세금 폭탄을 맞았다. 종합소득세를 신고하러 갔는데 지방세 포함, 250만 원을 물어내란다. 작년에는 180만 원. 그렇다고 소득이 늘은 것도 아니다. 쥐꼬리만 한 월급을 받는데 이처럼 토해내라니 조금은 황당하다. 그러나 이를 어찌하랴. 납세는 국민의 의무. 꼼짝없이 내야지.

세무서 직원이 설명을 해 주어도 무슨 말인지 모르겠다. 소득이 몇 군데서 발생해 그렇단다. 지난해 고정적으로 급여를 받은 곳은 두 곳. 거기에 많지 않은 인세 등이 있었다. 직장인은 유리알 지갑이라고. 잘 기억나지 않은 수입도 잡혔다. 월급쟁이에게 200만 원은 목돈이다. 앞으론 세금 내기 위해 적금이라도 부어야 할 듯싶다.

한 직장에 다닐 때는 환급을 받았었다. 그런데 반대의 현상을 겪고 보니 씁쓸하다. 내년에도 그럴까? 조금 벌고 세금을 내려니 아까운 마음도 생긴다. 사람 마음이 같을 게다.

아프면 쉬어라

또 다시 일요일 근무. 학기 중에는 매주 일요일 빠짐없이 출근한다. 그런데 오늘은 아침 운동을 하지 못했다. 왼쪽 다리가 아파도저히 나갈 수 없었다. 어디 부딪힌 곳도 없는데 아팠다. 근육통으로 생각된다.

앉았다 일어서는 것도 불편하다. 어제도 조금 좋지 않았지만 그냥 나가 8km가량 걸었다. 무리한 듯하다. 아프면 쉬는 것이 상책. '괜찮겠지'하고 나갔다가 화를 키운 것 같다. 뭐든지 무리는 금물. 며칠간 푹 쉴 생각이다.

마음 같아선 나가고 싶지만 참아야 되겠다. 사람 몸이 생각처럼 움직이지 않는다. 무리하면 반드시 탈난다. 뭐든지 얕잡아 보면안 된다. 다음 주 토요일 운동이 잡혔는데 걱정이다. 내 몸은 내가보호해야 한다.

5월 마지막 주

5월 마지막 주다. 계절의 여왕이라는데 답답함을 겨우 면한 정도다. 세월호 참사의 충격이 큰 때문인지도 모르겠다. 그러나 시간은 흐른다. 세월이 약이라고도 했다. 모든 것은 시간이 지나면 잊힌다. 사람에게 망각이라는 특효약이 없다면 머리가 터질 것이다. 조물주는 인간을 그렇게 만들었다.

그 다음은 새로 시작한다. 나의 하루도 다르지 않다. 새벽에 일어나 하루의 동선을 살핀다. 우선 점심 약속. 저녁은 거의 약속을 하지 않는 편이므로 점심시간이 긴요하다. 대부분 여의도에서 점심을 해결한다. 더러 광화문 쪽으로 나간다. 내일은 종로구 가회동에서 지인을 만나기로 했다. 물론 점심이다. 보통 전 주에 1주일 단위로 약속을 한다. 비는 날이 거의 없다. 점심만이라도 좋은 분들과 함께해야 하지 않겠는가.

나는 영원한 작가를 꿈꾼다

오래 살자!

　모레 저녁에 고등학교 친구들과 만난다. 약속 장소는 여의도 한정식 집. 우리 사무실에서 5분 거리에 있다. 10명 안팎 참석할 듯하다. 고교 졸업 후 처음 보는 친구도 나온단다. 그러니까 35년 만에 만나는 셈이다. 이처럼 죽지 않고 살아 있으면 언젠가 볼 수 있다. 오래 살아야 하는 이유다.

　나이를 드니까, 서로 친구를 찾는 것 같다. 사실 고교 친구만큼 편한 사이도 없다. 초등학교는 동심, 중학교는 사춘기, 고교는 본격적으로 우정을 쌓는 시기. 그래서 고교 친구들과 가장 친밀한 관계를 유지한다. 5년 뒤면 고교 졸업 40년이 된다. 그 무렵이 되면 많은 친구들이 현직을 떠날 터. 벌써 조기 퇴직한 친구들도 적지 않다.

　인생이 허무하다. 마음은 청춘인데 육체 나이는 예순을 바라보고 있다. 슬퍼해야 할까? 그렇지 않다. 황혼을 찬란하게 맞이하고, 즐기자. 그러기 위해선 건강해야 한다. 이제 정말 몸을 잘 관리해야 할 때다.

장석일 박사님

김대중 전 대통령님의 마지막 주치의였던 장석일 박사. 현재 성애의료원장 겸 서울 성애병원장으로 있다. 요즘 많이 거론되고 있는 PK의 핵심 경남고 출신이다. 영남 출신 주치의가 호남 출신 대통령을 모셨던 것. 아주 드문 일이다. 성애병원 내과과장 시절, DJ와 인연이 닿아 주치의까지 지냈던 것.

DJ가 돌아가실 때까지 지극정성으로 모셨다. DJ와 이희호 여사님은 장 박사님을 아들처럼 여기신다. 나와 장 박사님도 긴 인연을 함께 하고 있다. 2000년 청와대를 출입할 때 처음 만났다. 나보다는 세살 위. 호형호제하면서 지낸다. 특히 가족끼리도 자주 만나는 사이다. 이번 주는 장 박사님을 세 번이나 만난다. 오늘도 장 박사님 내외분과 저녁을 한다. 우리 부부가 장 박사님 부부를 여의도로 초대했다. 모레는 장 박사님, 청와대 수석을 지냈던 분과 셋이서 저녁.

토요일은 운동을 함께한다. 이런 일은 나도, 장 박사님도 처음이다. 하지만 언제 만나도 즐겁고 기쁘다. 마음이 맞는 사람끼리라면 자주 만날수록 좋다.

작가의 길

작가의 길은 정말 멀고도 험하다. 독자들에게 다가갈 수 있는 책은 하늘의 별따기다. 아무리 좋은 책을 낸들 관심을 끌기 어렵다는 얘기다. 작품성, 문학성은 듣기 좋으라고 하는 말이다. 모든 책의 내용은 별반 차이가 없다. 그럼에도 독자의 관심은 천양지차다.

유명 작가나 연예인, 스포츠 스타, 방송인 등의 책은 기본 부수가 팔린다. 지명도가 있기 때문이다. 내용보다는 작가를 보고 책을 고르는 경향이 많다. 단 한 권이 베스트셀러에 오르는 사람도 있다. 출판사의 기획력, 마케팅, 작가의 운이 따른 결과다. 나도 그동안 7권의 에세이집을 냈지만 크게 관심을 큰 책은 없다. 무엇보다 무명이어서 그렇다.

'기자 오풍연'은 그럭저럭 알려져 있지만 '작가 오풍연'은 아직도 생소하다. 두 마리 토끼는 잡을 수 없는 법. 책을 낸 것만으로도 만족하지 않을 수 없다. 출판사 측에 고마움을 전한다. 그래도 꿈을 접지 않고 있다. 글쓰기는 나의 생명인 까닭이다.

고맙다, 아들아!

오랜만에 가족 셋이서 나들이를 했다. 커피숍에서 일하는 아들 녀석이 비번이라고 했다. 아침 식사를 하고 11시 30분쯤 파주 아울렛에 갔다. 점심 식사는 패밀리 레스토랑 베니건스에서 했다. 녀석에게 얻어먹었다. 놈이 월급을 탄다고 굳이 계산하겠단다. 커피숍에 들러 커피까지 샀다.

휴일이라서 그런지 매장은 인파로 붐볐다. 모두 가벼운 옷차림들이다. 아이와 함께 나온 젊은 부부가 많았다. 백화점 보다는 훨씬 싸다. 쇼핑을 잘하면 맘에 드는 물건도 구할 수 있다. 녀석은 주말이 따로 없다. 근무가 걸리면 출근해야 한다. 물론 내일도 출근한다. 서비스업에 종사하는 사람들이 겪는 고초다. 제가 좋아서 하는 일이라 불평을 하지 않는다. 놈이 사랑스럽다.

친절한 콘래드 호텔 직원들

오랜만에 여의도 콘래드 호텔에 들렀다. 지인과 부부동반 저녁을 했다. 2주 전쯤 예약을 했었다. 아내가 먼저 와 있었다. 다음 내가 도착. 호텔 직원들이 친절하게 인사를 한다. 직원들 이름은 다 몰라도 얼굴을 대부분 안다. 자리에 앉았더니 전소정 지배인이 반갑게 다가와 인사를 건넸다. 정말 친절하다. 최고의 호텔리어로 부족함이 없다.

홀에서 일하는 이혜민 씨도 인사를 했다. 거제도 출신의 혜민 씨는 비번인데 내가 온다고 근무를 바꿨단다. 첫 번째 감동이었다. 피자, 스파게티 등 간단한 식사와 함께 생맥주를 마셨다. 두 시간 가까이 대화를 나눴다. 지인과는 가끔 부부동반으로 만나는 사이여서 서로 어색함이 없다.

식사를 끝내고 자리를 일어서려는데 전 지배인과 혜민 씨가 또다시 테이블로 왔다. 우리 부부와 지인 부부에게 선물을 하나씩 전달했다. 호텔에서 만든 케이크, 머핀, 쿠키가 1개씩 들어 있었다. 가격을 떠나 두 번째 감동을 받았다. 지인 부부도 내 덕에 선물까지 받았다며 고마워했다. 내가 콘래드 호텔을 가까이 할 수밖에 없는 이유다. 고객 감동. 대경대 학생들에게도 이런 감동을 고스란히 전달한다. 기분 좋은 밤이다.

절주 약속, 진행형

내 스스로 절주 약속을 한 뒤 잘 지켜오고 있다. 여러 번 속은 아내는 아직도 날 믿지 못하고 있다. "자기 얼마나 가겠어. 두고 볼 거야."라고 하기 일쑤다. 하지만 이번만큼은 단단히 결심을 했다. 낮엔 소주 반 병, 저녁엔 소주 한 병, 폭탄주는 3잔. 여태껏 내 주법은 무조건 원샷이었다. 소주든, 맥주든, 양주든, 와인이든 가리지 않았다.

이제는 술 한 잔도 나눠 마신다. 이런 나를 보고 지인들이 먼저 놀란다. '무슨 일이 있었느냐'고 물어본다. 솔직히 큰일은 없었다. 물론 실수도 하지 않았다. 하지만 지금처럼 술을 계속 마시면 안 되겠다는 생각이 퍼뜩 들었다. 누구의 권유나 강요에 의해서 절주 약속을 했다는 얘기가 아니다. 과음을 하지 않으니 몸 상태도 좋다. 내가 술이 세다고 하지만 많이 마시면 그 다음날 부담을 느낀다. 나이 탓도 있을 게다. 마냥 청춘 같지만은 않기 때문이다.

오늘 점심도 소주 4잔으로 끝냈다. 다른 때 같으면 둘이서 소주 3병 정도 마시고, 한 병은 폭탄주로 돌리곤 했다. 식당에서도 술을 적게 마시니 이상하게 봤다. 오후 컨디션도 나쁠 리 없다. 나 자신과의 약속, 꼭 지킬 것을 거듭 다짐한다.

대전고 동기 모임

　대전고 동기들과 저녁을
하고 들어왔다. 물론 친구들
은 2차를 갔다. 내 취침 시간
은 10시. 친구들이 양해를 해
줘 일찍 들어올 수 있었다. 처음 보는 친구들도 있었다. 고등학교
졸업 이후 35년 만이다. 나는 문과 출신. 이과 출신은 얼굴이 생소
하다.

　그래도 우리는 친구. 소주 몇 잔, 맥주 몇 잔에 금세 가까워졌다.
우리 나이 55~56세. 중년의 황금기다. 나이를 먹고 있다는 게 서
글펐다. 마음은 청춘. 주거니 받거니. 멀리 김천에서 올라온 친구
도 있다.

　나는 자랑스러운 대릉大陵인. 대전고가 있었기에 오늘의 나도
있다. 친구들도 마찬가지일 게다. 우리는 당시 시험을 보고 고
교에 들어갔다. 서울은 1977년부터, 부산 · 대구 · 인천 · 광주는
1978년부터 무시험이었다. 그래서 대전고엔 전국의 인재들이 몰
려들었다. 실제로 대전 충남 출신보다 타도 출신이 더 많았다.
1979년 대학 입학 성적도 전국 최고였다. 모교를 사랑하는 마음은
예나 지금이나 변함이 없다.

새벽 운동을 다시 시작하다

또 다시 날이 밝았다. 어제 고교 친구들과 함께한 저녁의 여운이 아직 가시지 않고 있다. 정말 좋은 친구들이다. 모두 16명이 참석했다. 대성황. 오늘도 저녁 약속이 있다. 저녁 약속은 거의 하지 않는 편인데 불가피한 경우 마다하지 않는다.

다만 1차에서 빨리 끝낸다. 집엔 10시 전에 들어온다. 내가 일찍 집에 오더라도 지인들이 양해해 준다. 10시쯤 자는 것을 알고 있기 때문이다. 그러다 보니 기상 시간은 거의 일정하다. 낮 기온은 한여름을 방불케 한다. 조금만 걸어도 땀이 날 정도다.

6월부턴 새벽에 걸을 참이다. 집에서 안양천을 따라 목동교-오목교-신정교까지 갔다 오면 6km가량 된다. 더러 한강까지 갈 때도 있다. 집에서 편도 4km. 내 걸음이 빨라 35분이면 간다. 집을 출발하는 시간은 5시. 60~90분 정도 걷는다. 하루도 거르지 않는다. 씻고 출근하면 오케이. 하루 행복의 시작이다.

의미 있는 만남

청와대에서 얼굴을 마주했던 두 분과 저녁을 했다. 조순용 전 정무수석님과 장석일 주치의님. 조 수석님은 KBS 앵커 출신의 언론사 선배. 후배들에게 아주 따뜻하다. 셋이서 한 번 만나자고 여러 번 말이 나온 끝에 오늘 비로소 만났다. 장 박사님과는 부부 동반으로 자주 만나는 사이.

조 수석님은 전남 순천, 장 박사님은 부산 출신이다. 나는 충남 보령. 광주일고조 수석, 경남고장 박사, 대전고나 출신이 만난 것. 만남을 계속 이어나갈 계획이다. 다음 번 만날 때는 한 분을 더 초대하기로 했다. 넷이 가장 좋다.

기왕이면 경기고나 서울고, 경복고 출신을 모시자고 했다. 지역 균형(?)을 위해서다. 희망자는 환영한다. 페친이면 더욱 좋겠다. 추천도 받겠다. 뜻깊은 모임이 될지도 모른다.

나를 얼마나 알까?

　나는 나에 대해 얼마나 알까? 자기 자신을 잘 안다고 말할 수 있을까? 솔직히 자기 자신도 잘 모른다고 하는 것이 정답일 게다. 인간은 오묘하기 때문이다. 조물주가 그렇게 만들었다.

　물론 자기에 대해 남보다는 자신이 더 잘 알 것이다. 사람은 대부분 자신을 합리화하려고 한다. 인간의 본성이다.

　내가 잘못됐다고 여기는 사람은 많지 않다. 어떻게든 명분을 찾으려 한다. '내 탓이오' 하는 사람은 발전 가능성이 있다. 하지만 남의 탓으로 돌리는 사람은 더 나아갈 수 없다. 성장을 하려면 자기반성이 전제돼야 한다. 그래야만 답이 나온다. 나 역시 보통 사람들과 다르지 않다. 나도 나를 잘 모른다. 알려고 노력할 뿐이다. 아예 노력을 하지 않는 사람보다는 조금 나을 터. 나에 대해 생각해 보는 새벽이다.

섹스학 강의를 마치고

　대구에서 강의를 마치고 서울로 올라왔다. 다음 주 6일은 현충일이라서 휴강. 강의는 6월 13일 한 번 남았다. 오늘은 '섹스학'에 대해 90분 동안 특강을 했다. 내 입에서 섹스라는 말이 나온 것은 사상 최초다. 나 역시 금기시해왔기 때문이다. 하지만 어찌하랴. 강의를 하기로 한 이상 솔직하게 얘기를 했다.

　학교에 도착해 총장님 방에서 커피를 한 잔 했다. 섹스학에 대해 강의를 하기로 했다고 말씀드렸다. '어디 한 번 외도라도 해보았느냐'고 물었다. '없다'고 대답했다. 말하자면 밖에서 섹스를 한 번도 안 해본 사람이 강의를 할 수 있겠느냐는 것. 대부분 섹스학 하면 이렇게 생각한다. 학생들은 열심히 들었다. 보통 50분 강

의하고 10분 쉰 뒤 두 시간째 강의를 하는데 연속 강의를 했다. 학생들에게 얼마나 도움이 되었는지는 모르겠다.

결론은 이처럼 내렸다. 섹스는 건강하다는 증거다. 금기시할 필요는 없다. 오히려 솔직해질 필요가 있다. 다만 누구도 깊게 빠져선 안 된다는 점을 분명히 했다. 아울러 순결의 중요성에 대해서 강조를 했다. 외도에 대해서도 한마디 했다. 남성의 외도도 나쁘지만, 여성의 외도는 집안 전체가 풍비박산된다는 점도 지적했다. 섹스, 외도, 순결 등을 하나로 볼 필요가 있다. 종강 역시 특강으로 진행할 계획이다. 학생들과 작별해야 할 시간. 세월이 참 빠르다.

시장바구니 물가

다들 500원이나 1,000원이란 액수에도 민감할 수밖에 없나 보다. 백화점이나 마트에서는 이를 상술로 이용한다. 장사꾼은 한 푼이라도 더 받으려고 하고, 소비자는 싸게 사고 싶어 한다. 1,000원이라고 하면 갸우뚱하다가도 990원이면 그냥 집어 든다. 그래서 마트에 가면 990원 단위가 가장 많다. 2,990원, 9,990원 하는 꼴이다.

아내를 따라 집 근처 롯데 빅마켓에 갔다. 물건이 아주 싼 곳이다. 홈플러스, 이마트보다도 상대적으로 싸다. 1주일에 한 번은 생필품을 사러 간다. 내가 꼭 들르는 곳이 있다. 식품 코너 사과매장이다. 사과를 무척 좋아하기 때문에 꼭 챙긴다. 그런데 사지 않았다. 가격이 전 주보다 1,000원이 올랐다. 3kg짜리 한 봉에 15,990원이었다.

불과 두 달 전까지만 해도 12,990원이었다. 그 사이 3,000원이 오른 것이다. 14,990원 할 때까진 사 먹었다. 15,000원을 넘으니 비싸 보였다. 대신 9,900원 하는 참외를 집어 들었다.

직접 살림을 하는 가정주부도 마찬가지일 듯싶다. 서민은 물가에 민감하다. 이를 시장바구니 물가라고 한다. 참외, 수박 등 계절 과일을 먹을 생각이다. 사과는 이제 들어갈 시기. 먹고 싶더라도 당분간 참으려고 한다. 물론 가격이 내려가면 다시 집어들 터. 사람 마음은 이처럼 간사하다.

아빠에 대한 기대

"아빠, 나에게 무언가 보여준다고 했잖아."

아들 녀석이 나를 보고 종종 하는 말이다. 놈의 눈에 내가 차지 않는 모양이다. 지금보다 보수도 많고, 위치가 높은 자리를 원하는 것. 난들 그러고 싶은 마음이 없지 않겠는가. 하지만 세상일은 뜻대로 되지 않는다. 욕심을 부린다고 일이 이뤄질 리 없다.

모든 일은 순리에 맡겨야 한다. 대신 자기 자신을 부단히 연마해야 한다. 그래야만 기회가 와도 잡을 수 있다. 노력하지 않는 사람에겐 기회조차 오지 않는다. 와도 모르기 때문이다.

그럼 나는 노력을 하고 있을까? 열심히 산다고는 말할 수 있을 것 같다. 한눈팔지 않고 최선을 다하고 있다.

신문사 일이나 학교 강의가 똑같이 중요하다. 어느 것 하나 소홀히 할 수 없다. 대충대충은 정말 피해야 할 용어다. 기다리는 것도 중요하다. 서두른다고 될 일은 없다. 기다림의 미학을 실천하면서 오늘도 최선을 다한다. 나의 생활신조다.

찬란한 6월

새벽 공기가 시원하다. 한낮은 더운데 아침, 저녁으론 바람도 분다. 환절기라 그런지 목감기 환자들이 많다. 오히려 여름 감기가 오래 갈수도 있다. 건강을 챙겨야 하는 이유다. 6월로 접어들었다. 1년의 절반 가까이 지난 셈이다.

그동안 세월호 참사 등 악재가 많았다. 복구하는 데 시간이 많이 걸리는 것 같다. 세월호는 아직도 진도 앞바다에 가라앉아 있다. 그래도 앞을 보고 달려가야 한다. 과거에 계속 매몰될 순 없기 때문이다. 내 개인적으로도 이달에 할 일이 적지 않다. 우선 8번째 에세이집 원고를 완성할 계획이다.

장편 에세이 200개를 거의 썼다. 이제 다듬으면 된다. 물론 책으로 나오는 것은 별개다. 책을 펴낼 것에 대비해 원고를 마무리하는 것. 이번 학기 강의도 끝난다. 두 달간 방학. 여름휴가도 시작된다. 찬란한 6월을 만들어야 되겠다.

인생을 길게 보자

　기자생활을 하면서 작은 프라이드가 하나 있다. 국내 최초로 법조 대기자를 지냈던 것. 우리나라 1호인 셈이다. 아직 어디에서도 법조 대기자를 보지 못했다. 다른 직역에는 대기자가 여럿 있다. 정치 대기자, 경제 대기자, 부동산 대기자, 국제 대기자 등이다. 요즘은 기자도 세분화돼 있다.

　기자 - 전문기자 - 선임기자 - 대기자 순이다. 대기자는 기자의 최고봉으로 볼 수 있다. 법조도 출입 기자가 많다. 각 사별로 팀을 이뤄 취재를 한다. 내가 법조 대기자가 될 수 있었던 것은 오래 출입했기 때문이다. 만 9년 가까이 출입을 했다. 여기에 법무부 정책위원 3년을 더하면 12년간 인연을 맺었다고 할 수 있다. 그러나 법조 대기자를 오래 하지 못했다.

　2009년 서울신문 경영진이 바뀌면서 내 펜을 빼앗겼다. 편집국에서 업무 파트로 인사조치를 당했다. 그래도 한 카페에 계속 글을 올렸다. 그 결과 2009년 9월 첫 에세이집 '남자의 속마음'이 나왔다. 전화위복이랄까? 평탄하게 기자생활을 했더라면 작가(?)는 꿈도 꾸지 못했을 터. 따라서 일희일비하거나 실망할 필요가 없다. 자기와의 싸움에서 이기면 된다. 인생을 길게 보자.

소병철 검사와의 인연

　소병철 전 법무연수원장과 저녁을 하고 들어왔다. 두 번에 걸쳐 검찰총장 최종 후보에 올랐던 친구다. 소 전 고검장을 처음 만난 것은 1987년 겨울쯤. 그가 서울지검 초임검사로 있을 때다. 나도 1987년 가을부터 법조를 출입하기 시작했다. 둘이서 30년 가까이 인연을 맺은 셈이다.

　소 고검장이 나보다 두 살 위. 그렇지만 친구처럼 지내왔다. 어디 하나 흠잡을 곳이 없을 정도로 훌륭한 검사다. 검찰 선후배들이 그를 유독 칭찬하고 좋아하는 이유일 게다. 법무연수원장에서 물러난 뒤 농협대학 석좌교수로 있다. 대형 로펌의 콜을 모두 물리쳤다.

　"저도 청빈한 검사는 아닙니다."라는 발언은 최근 문제가 되고 있는 전관예우를 염두에 둔 것 같았다. 나는 그를 잘 안다. 자기 관리가 철저한 친구다. 국가를 위해 더 큰 일을 했으면 하는 바람이다.

여름 감기

주변에 여름 감기로 고생하는 분들이 의외로 많다. 오뉴월 감기는 개도 안 걸린다고 했는데 이젠 틀린 말이 됐다. 여차하면 감기에 걸리는 세상이다. 시도 때도 없이 찾아온다고 할까? 그만큼 면역력이 약해져서 그럴 게다. 여름 감기를 우습게 보다가는 큰코다친다. 나도 작년 여름 감기에 걸려 꼬박 한 달간 고생을 한 적이 있다.

약을 먹고 주사를 맞아도 쉽게 낫지 않는다. 사실 감기엔 약이 필요 없다. 잘 먹고 푹 쉬면 떨어진다. 일교차가 큰 탓도 있는 것 같다. 한낮엔 무척 덥고, 아침저녁으론 한기도 약간 느껴진다. 어쨌든 아프지 말아야 한다. 아프면 나만 서럽다. 누가 대신 아파 줄 수도 없다.

오늘 만나기로 한 시골 초등학교 친구도 감기에 걸려 약속을 뒤로 미뤘다. 겨울에도 감기 한 번 걸리지 않는 친구인데 자신도 영문을 모르겠단다. 뻔한 얘기지만 건강은 건강할 때 챙겨야 한다. 적당한 운동은 필수다. 몸이 건강하면 감기도 우리 몸에 침투할 수 없다. 새벽 운동 사흘째. 어둠이 걷히면 나갈 참이다. 오늘 새벽도 상쾌하다.

여름비

　어제부터 계속 비가 내리고 있다. 가뭄 끝의 단비여서 해갈에 도움이 될 것 같다. 아침 출근길에 보니 나무들도 푸르름을 더해 가고 있었다. 만물의 조화랄까? 식물도 가물면 시들고, 물을 머금으면 활짝 기지개를 켠다. 기상이변이 심하다. 우리나라도 예외가 아니다. 아열대 기후로 바뀌는 것 같다.

　비가 와서 새벽 운동은 나가지 못했다. 대신 낮에 여의도 공원을 한 바퀴 돌거나 퇴근 후 안양천을 걸을 생각이다. 내일은 선거일. 휴무지만 출근한다. 이번 선거만큼 유권자의 관심을 끌지 못한 때도 없었던 것 같다. 세월호의 후유증이 컸던 때문이다.

　나도 누가 나오는지조차 잘 모른다. 관심이 없다고 하는 것이 옳은 표현일 듯싶다. 선거 막판에 볼썽사나운 모습도 연출된다. 우선 당선되자는 심산에 불법도 아랑곳하지 않는다. 그래도 투표는 해야 한다. 국민의 의무이기 때문이다.

은퇴 걱정할 나이

대학 두 해 선배와 점심을 했다. 선배는 사업과 함께 정치를 했었다. 그러나 국회의원 배지는 달지 못했다. 운이 안 따랐다고 할까? 1990년대 후반 당시 한나라당을 출입할 때 처음 만났다. 비례대표는 문턱을 넘지 못했고, 지역구 출마도 했으나 뜻을 못 이뤘다. 이제는 정치에서 완전히 손을 뗐다. 1년 전 한 기업 감사를 끝으로 현직도 떠났다. 모 대학 초빙교수로 나가는 게 전부다.

하지만 그 선배는 재력이 있다. 사는 데는 걱정 없다는 얘기. 정치를 더 했더라면 나머지 재산을 날렸을지도 모른다. 정치를 하다 보면 생각보다 돈이 훨씬 많이 들어간다. 그 선배 역시 수십 억 원은 족히 날렸다. "우리 대학 동기들 한 80%는 그만뒀어. 당신도 행복한 줄 알아."라고 선배가 내게 말했었다. 선배 동기들은 우리 나이로 57~58세.

사실 일부 대학교수, 대기업 CEO 등을 빼면 현직에 있기 어렵다. 금융권은 눈을 씻고 봐도 없단다. 우리 동기들도 2년 후면 비슷한 처지가 될 터. 은퇴를 걱정해야 될 상황이다. 이런저런 생각을 하면 슬퍼진다. 그래도 용기를 내자. 당장 내일 세상의 종말이 온다고 해도 오늘 최선을 다하자. 내가 살아가는 방식이다.

투표는 국민의 의무

아침 일찍 한강에 갔다가 투표를 마치고 왔다. 솔직히 마음에 쏙 드는 후보는 1명도 없다. 하지만 투표는 국민의 의무이기 때문에 한 표를 행사했다. 오늘자 사설 역시 투표를 독려하는 내용으로 썼다. 대부분의 유권자들은 자기 지역구에 누가 나오는지조차 잘 모를 것이다.

따라서 인물보다는 당을 선택하는 경우가 많을 터.

이번 지방선거만큼 관심을 덜 끄는 선거도 없었던 것 같다. 물론 세월호 참사 때문이다. 이제는 털고 일어나야 한다. 대통령 집권 2년 차면 가장 힘을 받는 시기인데 답답하기 짝이 없다. 점수를 매기자면 낙제점을 주지 않을 수 없다. 누구 탓일까? 대통령의 책임이 가장 크다. 대통령을 보필하는 참모들의 잘못도 지적하지 않을 수 없다.

모두 자기를 희생하고 욕심을 버리면 해법이 나올 텐데. 내 탓을 하지 않는 까닭이다. 오늘은 휴일 근무. 점심 무렵 출근한다. 선거 결과까지 보고 사설을 다듬은 뒤 밤늦게 퇴근할 예정이다. 반드시 투표는 하자.

나는 영원한 작가를 꿈꾼다

바보와 정직

"정직하다고 하는데 정말 자신합니까?"

　가끔 듣는 얘기다. 비밀 없는 사람이 없어서 그럴 게다. 나 역시 비밀이 없을 수 없다. 일반 사람에 비해 상대적으로 적다고 할까? 내가 페이스북에 거의 있는 그대로를 옮겨 놓는 이유이기도 하다. 실제로 숨길 것이 없다. 그래서 거짓말도 잘 못한다.

　학생들에게 줄곧 강조하는 말도 정직이다. 거짓말을 하지 말라는 말도 항상 덧붙인다. 거짓말은 언젠가 탄로 난다. 그런데도 뻔히 보이는 거짓말을 하는 사람들이 있다. 알면서도 그냥 넘어간다. 글을 본격적으로 쓴 뒤로는 더 투명하게 살고 있다. 누구도 거리낄 것이 없다는 얘기다.

　마음을 완전히 열어놓고 사람들을 만난다. 서로 마음이 맞지 않으면 그 다음부터 안 만나면 된다. 욕할 필요도 없다. 안 보면 되기 때문이다. 내가 먼저 싫어서 안 만나는 사람은 없다. 사람을 믿는 까닭이다. 아내는 이런 나를 보고 '바보'라고 놀린다. 그래도 바보처럼 살 생각이다.

선거 후유증

선거는 정말 피를 말리게 한다. 후보는 누구든지 가능성을 보고 도전한다. 이번 지방선거도 마찬가지일게다. 광역단체장의 경우 경합 지역이 많아 마지막까지 결과를 보아야 될것 같다. 후보들은 얼마나 가슴을 졸이겠는가. 나도 한 번 직선에도전한 적이 있다. 1997년 치러진 서울신문 노조위원장 선거였다.

당시 나는 둘이 경합하다 1명이 출마를 포기해 단독 후보로 출마했다. 말하자면 찬반 투표만 물었던 것. 결과는 98% 찬성. 노조원들의 압도적인 지지를 받았다. 그 같은 기록은 아직도 깨지지않고 있다. 무슨 공산당 선거냐고 놀림도 받았었다. 그 다음 도전은 2012년 서울신문 사장 공모. 그러나 실패했다. 그때 상황을 알만한 사람은 다 안다. 공정하다고 볼 수 없었다는 얘기다.

어쨌든 패자는 구차하게 말할 필요가 없다. 와신상담하는 각오로 계속 정진해야 한다. 그래야 또 다시 기회를 잡을 수 있다. 승자에게는 축하를, 패자에게는 위로를 건넨다. 인생을 길게보자.

광화문 찬가

광화문에 나가 지인을 만나고 왔다. 점심은 수제비로 간단히 때운 뒤 냉커피를 마셨다. 광화문은 내가 청춘을 바친 곳. 1986년 12월 서울신문에 입사해 2012년 9월까지 있었다. 정도 많이 들었다. 만 26년 가까이 있었던 셈이다.

도심 한복판이라서 편리한 점이 많다. 사통팔달 교통망도 최고다. 강남이나 여의도에 비해 훨씬 널찍하다. 빌딩의 규모도 크다. 먹거리 역시 빼놓을 수 없다. 무교동, 인사동, 청진동은 맛집이 널려 있다. 특히 한정식 집은 강북이 최고다. 강남이나 여의도에도 한정식집이 있지만 강북의 맛을 따라가지 못한다.

광화문 일대에 큰 빌딩도 많이 들어섰다. 교보문고에서 종각역까지 대형 빌딩들이 위용을 자랑하고 있다. 여의도역에서 5호선 한 번만 타면 광화문까지 바로 갈 수 있어 좋다. 다음 주도 두 번 광화문에서 약속이 잡혔다. 고교, 대학 선배를 각각 만난다. 언젠가는 광화문 쪽으로 다시 나가고 싶다. 그런 날이 올까?

촌놈이라서

"그것도 글이라고 올립니까?"

내가 쓰는 글에 대해 혹평하는 이들도 있다. 우선 겸허히 받아들인다. 그렇게 밖에 못 쓰는 까닭이다. 적어도 진심을 담아 최선을 다하고 있다. 내가 사는 방식이기 때문이기도 하다. 그렇다고 고칠 생각은 없다. 쉬운 글을 고집하다 보니까 미사여구를 거의 쓰지 않는다. 아니 모른다고 하는 것이 보다 솔직한 답일 것이다. 글도 그런 방식으로 쓰지 않으면 잊어 먹는다. 나는 화려한 수식어를 싫어한다. 된장에 풋고추를 찍어 먹는다고 할까? 토속적인 것이 좋다. 나의 본바탕은 시골스러운 것. 태생을 숨길 수 없어서다.

촌에서 태어나지 않았더라면 지금 이 정도의 글을 쓰지 못할지도 모른다. 거기에 늘 감사한다. 그래서 고즈넉한 풍경이 좋다. 나중에 낙향을 생각하고 있는 이유이기도 하다. 지금 시간은 새벽 두시 반. 밖에서 들려오는 정적도 나에겐 신이 주신 선물 같다. 고요함도 매력적이다. 오늘 하루도 이처럼 시작한다.

아내를 사랑합시다

아내는 영원한 친구다. 누구도 그 자리를 채워줄 수 없다. 그러나 많은 사람들이 고마움을 모르고 산다. 행여 아내가 먼저 떠난 다음에 후회하고, 아쉬워한다. 죽을 때까지 옆에 있기 때문이다. 항상 곁에 있는 사람으로만 여겨선 안 된다. 정말 보배처럼 받들어야 한다.

실제로 남편은 아내가 없으면 거의 아무것도 할 수 없다. 아이들 뒷바라지며, 집안 살림 등 정상적인 것이 불가능하다. 특히 나이 들수록 아내의 진가는 더 발휘한다. 명퇴하거나 은퇴한 남편들에게 아내는 최고의 친구다. 아내와 보내는 시간이 가장 많다는 얘기다. 좋든 싫든 그럴 수밖에 없다.

남편들이 큰소리 쳐도 사실 나약하기 짝이 없다. 나라고 다를 수 없을 터. 요즘은 아내가 하자는 대로 하는 편이다. 백화점 가자면 백화점 가고, 마켓 가자고 하면 마켓 따라간다.

아내 역시 만족해한다. 아내의 말을 들어서 잘못될 리 없다. 아내와 내비게이션, 어머니는 틀린 말을 안 한다고 하지 않던가. 언행일치. 실천하면서 살자. 그리고 아내를 사랑합시다.

나는 영원한 작가를 꿈꾼다

이 새벽이 좋다

솔직히 휴일에는 더 자고 싶다. 더 잔들 누가 뭐라고 할 사람도 없기 때문이다. 그런데 습관이라는 것이 참 무섭다. 두 시면 영락없이 눈을 뜬다. 오늘도 마찬가지. 자명종이 없는데도 침대에서 용수철처럼 자동으로 일어난다. 새벽 공기는 언제 맡아도 좋다. 커피 향도 그윽하기는 변함없다. 입안의 다크 초콜릿도 달콤하다.

거실의 개 '셴'은 코를 드르렁거리며 깊은 잠에 빠져 있다. 놈은 피곤한가 보다. 밤늦게 퇴근하는 아들 녀석을 반겨주는 놈도 '셴'이다. 애완견을 키우는 이유일 게다. 어제도 운동을 하고 왔더니 놈이 제일 먼저 나와 나를 반긴다. 거실에 누워 있으면 옆구리를 파고들기도 한다. 인정에 메마른 사람보다 낫다고 할까?

오늘도 일요일 근무. 5시쯤 나가 한강까지 다녀온 뒤 회사에 나갈 참이다. 휴일 스케줄 역시 일정하다. 아침에 두 시간가량 걷고 들어와 샤워를 한 후 식사를 한다. 밥이 꿀맛 같다.

점심은 보통 빵으로 해결한다. 모두 먹자고 하는 일이다. 즐겁게 살자.

무슨 강의를 해야 하나?

오는 13일 1학기 종강을 한다. 3월 첫 강의를 시작할 때만 해도 집을 나서면 어두웠다. 금요일 집을 출발하는 시간 6시 15분. 7시 KTX를 타고 대구에 내려간다. 경산에 도착해 10시부터 두 시간 동안 강의를 한다. 점심 먹고 다시 서울로 올라온다. 이러기를 4학기째. 2년간 강의를 한 셈이다.

이제는 대구와 경산도 낯설지 않다. 종강 역시 특강으로 진행할 계획이다. 매 학기마다 그랬다. 7, 8월이 여름 방학. 두 달 동안은 금요일과 일요일도 격주로 근무한다. 2학기 강의 준비도 해야 한다. 무엇을 강의할까? 전공과목이 아니어서 내가 주제를 정하면 된다. 따라서 큰 부담은 없다.

지금까지는 주로 '행복'을 강의해 왔다. 내 전공인 정치나 법조 얘기는 딱딱하고. 가끔씩 시사 문제도 들려주긴 한다. 매스컴도 별 재미없다. 앞으로도 사람 사는 얘기를 들려줄까 생각하고 있다. 학생들이 흥미를 가져야 하는데.

어머니가 좋아하시겠지

내 스스로 다짐한 절주 약속을 잘 지켜오고 있다. 페이스북에도 올린 바 있다. 학점을 매긴다면 몇 점을 줄 수 있을까? 지금까지는 A+이다. 철석같이 지켜왔기 때문이다. 이 같은 약속을 한 지 한 달 조금 넘은 것 같다. 그동안 술자리도 적지 않게 있었다. 그전에는 밤낮을 가리지 않았다.

낮에도 수시로 폭탄주를 자랑삼아 마셨다. 그러나 약속을 한 뒤 낮에는 한 잔도 안 마셨다.

저녁에도 3잔 이내로 삼가고 있다. 아내가 가장 좋아한다. 나 역시 이제는 어느 자리에 가도 부담이 없다. 술을 많이 안 마실 자신이 있는 까닭이다. 사실 술은 분위기 따라 먹는다지만 조절이 가능하다.

나중에는 술이 술을 마신다. 그래서 취하도록 먹지 말아야 한다. 예전에도 이를 몰랐을 리 없다. 알면서도 실천하지 못했다. 술을 적게 마시면 그 다음날 편하다. 일하는 데 전혀 지장이 없다. 많이 마시면 속도 쓰리고, 정신도 안 맑다. 6년 전 돌아가신 어머니도 좋아하실 것 같다. "둘째야, 앞으론 술 좀 적게 마셔라."라는 것이 어머니의 유언이셨다. 6년이 지나서 지킨다고 할까? 남아일언중 천금이라 했거늘.

박인비의 쾌거

　새벽 일찍 일어나는 까닭에 미 PGA나 LPGA를 종종 본다. 특히 우리 선수들이 선전하면 빼놓지 않고 보는 편이다. 오늘 새벽에도 박인비 선수 경기 장면을 지켜봤다. 흠잡을 데 없이 정말 잘 쳤다. 드라이버, 아이언, 퍼팅 3박자가 모두 맞았다. 어쩜 저렇게 잘 칠 수 있을까! 저절로 탄성이 나왔다.

　중국 펑샨샨에 두 타 뒤진 2위로 출발했지만 역전 우승을 일궈냈다. 오늘만 10언더. 전후반 버디를 5개씩 잡아냈다. 신들린 퍼팅. 72홀 동안 24개 버디에, 보기 1개. 완벽한 경기였다. 중국 선수들이 박인비 공한증에 걸릴지도 모르겠다. 특히 12번 파3 홀에서 샷은 기가 막혔다. 홀컵에서 10cm 거리에 붙였다. 홀인원을 할 뻔 했다.

　세계 1위 자리도 조만간 찾아올 것 같다. 한국 여자 선수들은 미국에서, 일본에서 이름을 날리고 있다. 국위를 떨치고 있는 만큼 모두 애국자다. 그녀들이 자랑스럽다.

신세타령

어릴 적 아버지는 큰 산처럼 보이는 법. 나도 어렴풋하나마 그런 기억이 있다. 아버지가 중학교 2학년 때 갑자기 돌아가셔서 긴 추억은 없다. 어릴 때는 아버지가 이 세상에서 가장 멋져 보인다. 그래서 어른들이 물어보면 아버지를 닮겠다고 한다. 아버지의 직업 역시 존경의 대상이다. 이제는 어른이 다 된 아들 녀석도 그랬다.

커서 아빠처럼 기자가 되겠다고 했었다. 그러던 놈이 커피 쪽으로 눈을 돌렸다. 이유는 간단하다. 기자는 돈을 벌지 못한다는 것. 자기는 사업을 해서 돈을 많이 벌겠단다. 대한민국의 기자들. 그냥 평범한 직장인 이상도, 이하도 아니다. 그저 그렇다는 얘기다. 인기도 예전만 못하다. 내가 기자생활을 처음 시작한 1980년대 중반만 해도 인기 직업으로 꼽혔다. KBS PD에 동시 합격하고도 신문기자를 선택한 이유이기도 하다.

그 뒤 30년 가까이 흘렀다. PD는 여전히 뜨고 기자는 지고 있다. 그렇다면 무슨 방법이 없을까? 자기 고유의 영역을 개척해야만 생명을 연장할 수 있다. 하지만 그것도 쉬운 일이 아니다. 회사를 떠난 선배, 동료, 후배들이 고전을 면치 못하고 있다. 딱히 전문성이 없다 보니 갈 곳도 없다. 기자를 대신해 신세타령을 해본다.

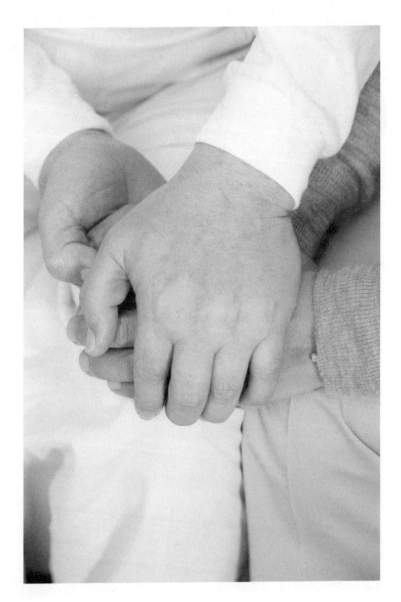

지금의 위치에 만족한다

　페친들이 걱정해준 덕분에 컴퓨터 자판은 두드릴 수 있게 됐다. 아직 완전치는 않다. 어제 새벽에는 정말 손목 통증이 심했다. 자고 났더니 한결 부드러워진 것 같다. 소통을 하기 위해서라도 아프지 말아야 한다. 저녁 때 집에 왔더니 아들 녀석이 "아빠도 이제 뭐라도 할 수 있는 거야?"라고 대뜸 이야기를 꺼낸다.

　기자 출신 총리 발탁 뉴스를 보고 하는 것 같았다. 약간의 희망이라도 읽은 걸까? "응, 아직 연락이 안 온다."라고 녀석에게 농담조로 얘기했다. 솔직히 부러운 마음이 없다고 하면 거짓말. 그러나 자리는 자기가 원한다고 되지 않는다. 능력은 기본이고, 운이 따라주어야 한다. 나는 지금의 위치에 만족하고 있다.

　논설위원에 대학 초빙교수. 투잡을 갖고 있으면서 부족하다고 하면 욕먹지 않겠는가. 안분지족. 마음을 비우는 것이 중요하다. 또 실천도 해야 한다. 내가 강의하는 '행복학'의 기본 전제다. 오늘 새벽도 상큼하게 출발한다.

남을 사랑해야 하는 이유

한 페친이 나에게 멘토를 부탁했다. 자신의 롤 모델(?)로 삼겠단다. 영광이 아닐 수 없다. 많은 페친과 소통을 해도 멘토 부탁은 처음이다. '오케이'를 했지만 내가 멘토를 잘할 수 있을까? '노'를 하지 않는 나의 성격과 무관치 않다. 페이스북은 얼굴을 모르는 분들과 소통을 할 수 있다는 장점이 있다. 자주 소통하다 보면 금세 가까워진다.

그분과 페친을 맺은 것은 두세 달쯤 될 것 같다. 가끔 메시지를 주고받는 사이. 지금까지 페이스북에서 인연이 돼 만난 분도 20여 명가량 된다. 내가 초대했던 것. 남자보다는 여자 분이 더 많았다.

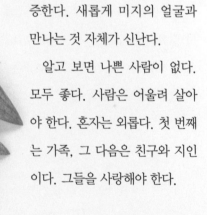

우리나라 여성들의 적극성을 방증한다. 새롭게 미지의 얼굴과 만나는 것 자체가 신난다.

알고 보면 나쁜 사람이 없다. 모두 좋다. 사람은 어울려 살아야 한다. 혼자는 외롭다. 첫 번째는 가족, 그 다음은 친구와 지인이다. 그들을 사랑해야 한다.

8번째 에세이집

　올해 안에 8번째 에세이집을 낼 수 있을까? 원고는 98%쯤 썼다. 이번 주 안에 완성될 것 같다. 이제 다듬기만 하면 된다. 그러나 책의 출간 여부는 미지수다. 내가 내고 싶다고 낼 수 있는 성질의 것이 아니기 때문이다. 출판사 측이 오케이를 해야 가능하다. 하지만 출판시장이 굉장히 나쁘다.

　중소형 출판사는 물론 대형 출판사도 허덕대고 있다. 책이 팔리지 않는 까닭이다. 문을 닫는 출판사도 부지기수다. 올 들어선 베스트셀러도 눈에 띄지 않는다. 어쩌면 지금까지 낸 7권으로 만족해야 될지도 모른다. 무명의 나를 작가(?)로 키워 주었다. 첫 에세이집 '남자의 속마음21세기 북스' 말고는 원고를 달라는 출판사에 그냥 주었다. 책을 펴내 준 출판사 측에 거듭 고마움을 전한다.

　8번째 에세이집의 원고 역시 마찬가지다. 관심 있는 분이 있다면 그냥 넘길 것이다. 책이 나오면 그것으로 만족한다. 그런 날이 올까?

대한민국 기자들

어젠 9시도 되기 전에 잤다. 물론 잠이 쏟아져서 일찍 잠자리에 들었다. 새벽에 할 일도 있었다. 신문사 부장, 차장, 기자들이 쓴 칼럼을 평가하는 것. 한 달에 한 번씩 평가를 하고 점수를 매긴다. 과연 내가 그럴 자격이 있는지도 의문이다. 그들보다 언론사 생활을 조금 일찍 시작한 것 말고는 더 나은 것도 없다.

그래도 주어진 일이니 점수를 주어야 한다. 보통 상·중·하로 평가한다. 기자들은 자기 글에 대해 최고로 평가하는 경향이 있다. '나 못났소' 하는 기자를 거의 본 적이 없다. 제 잘난 맛에 산다고 할까? 대한민국의 모든 기자들이 엇비슷하다. 똑같이 후한 점수를 주고 싶지만, 그러면 변별력이 떨어진다. 어쨌든 평가는 해야 한다. 내가 주로 보는 것은 현장감이다. 글은 조금 잘 쓸 수도, 못 쓸 수도 있다.

그러나 현장감은 발로 뛰는 기자만이 생생하게 전달할 수 있다. 앉아서 글을 쓰는 기자는 생명력이 짧다. 역시 기자는 많이 뛰어다녀야 한다. 그래야 특종도 건지고, 좋은 기사도 쓸 수 있다. 기자 초년병 시절 선배 기자에게 "글 잘 쓰면 소설가나 하지 왜 기자를 해."라는 말을 들은 적이 있다. 이른바 팩트를 중시하라는 충고였다. 언론의 사명이기도 하다. 나도 기자생활 만 28년째다. 여전히 팩트를 목말라한다.

왼쪽부터 MBC 송기원, 오풍연, 문화일보 허민, YTN 채문석 기자

나는 영원한 작가를 꿈꾼다

248

나는 도덕적인가?

나보고 입각入閣하라고 하는 친구가 있다. 물론 덕담으로 하는 얘기다. 이 정부에서 나를 불러줄 리도 없을 터다. 그럴 가능성이 없지만 나를 인사청문회 대상자로 대비시켜 본다. 과연 청문회를 통과할 수 있을까? 제일 중요한 것이 재산, 병역, 도덕성이다. 재산과 병역은 객관적 자료로 확인이 가능하다.

도덕성은 주관적인 요소다. 자기 스스로 비도덕적이라고 평가하는 사람은 없을 것이다. 그렇다면 나는 도덕적인가? 나도 '그렇다'고 대답할 터. 문제는 제3자의 평가다. 남이 도덕적이라고 말해야 도덕성을 인정받게 된다. 그럼 나에게 어떤 평가를 할까? 나의 생활신조는 정직이다. 그렇게 살려고 노력해 왔다.

정직 또한 주관적이다. 나는 그렇게 살아왔다고 해도 남이 그렇게 보지 않으면 그만이다. 이처럼 주관적인 평가는 어렵다. 박근혜 정부 총리, 각료 후보자들이 청문회 덫에서 허덕이고 있다. 세상이 바뀌어 감추려 해도 감출 수 없다. 자기가 판단해서 거취를 결정해야 한다.

인사가 만사라고 하는데.

종강하는 날

종강하는 날이다. 한 학기가 참 빠르다. 3월 초 대구에 내려갈 때만 해도 깜깜했다. 지금은 훤해서 나간다. 이제는 대구행 KTX가 전혀 낯설지 않다. 차에 타서 조금 졸다 보면 내릴 시간이다. 이러기를 4학기째. 소풍가는 기분으로 내려간다. 계절의 변화도 느낄 수 있다. 새벽에 일어나는 나에게 7시 차는 부담이 안 된다. 집에서 6시 15분쯤 출발한다.

나를 경산역에서 학교까지, 다시 동대구역까지 태워주는 학교 측의 배려가 고맙다. 교통 편의를 제공해주지 않으면 조금 부담은 될 터. 운전해 주시는 학교 직원과도 친해졌다. 항상 미리 와서 대기한다. 걸쭉한 경상도 사투리가 매력적인 분이다. 학교가 소재한

경산 출신이다. 내 강의를 들은 학생들과도 헤어져야 한다. 이번 학기엔 모두 97명이 수강했다. 중간고사는 치지 않았고, 기말고사는 리포트로 대체한다.

전공과목이 아니고 2학점짜리 교양과목이어서 부담을 덜 주려고 그렇게 했다. 리포트 주제도 자유다. 점수는 매기되 결과는 success, fail로만 평가한다. 따라서 낙제하는 학생들은 없다. 학생들이 '행복학' 강의를 듣고 조금이라도 도움이 됐으면 하는 바람인데, 오늘은 그것을 점검하는 특강을 할 계획이다. 강의를 들어준 학생들에게 고마움을 전한다.

나는 행복했는가?

'행복학'을 강의한 나는 정말 행복했는가. 나에게 물어본다. 대답 역시 '그렇다'이다. 어제 종강을 하면서 학생들에게 고마움을 전했다. 한 학기 내내 정말 행복했다. 나 스스로 행복을 찾아 더 노력했다는 표현이 옳을 듯싶다. 강의까지 하는 마당에 나 자신을 더 추슬렀다. 나쁜 생각을 하지 않았고, 오로지 좋은 생각만 했다.

어찌 사람인데 가능하냐고 반문할 사람도 있을 게다. 나쁜 마음을 머릿속에서 지워버리면 가능하다. 그것이 쌓이면 머리가 맑아지고 더욱 순수해진다. 순수는 좋은 마음의 출발점이다. 인간은 원래 나쁘지 않다. 그러나 크면서 나쁜 마음, 악이 싹튼다. 그것을 절제할 줄 아는 사람만이 착한 사람이 될 수 있다.

성선설도 맞고, 성악설도 맞다고 해야 할까? 하지만 성악설에 가깝다고 할 수 있을 것 같다. 착해지려면 바보가 되어야 한다. 내가 늘상 바보타령을 하는 이유다. 바보는 순수하다. 우리 모두 바보가 되자.

365일 똑같은 나의 일상

또 다시 월요일이다. 나의 일주일은 거의 똑같다. 새벽 두세 시쯤 일어나 하루를 시작한다. 맨 먼저 과일을 한 개 깎아먹는다. 요즘은 사과 대신 계절 과일을 즐긴다. 오늘도 복숭아 1개를 맛있게 먹었다. 그 다음은 봉지 커피. 커피 향이 좋다.

한강엔 4시 30분 전후해 나간다. 도착하면 5시에서 5시 10분 사이. 매일 앉는 벤치에서 10~20분가량 쉰다. 매일 맞닥뜨리는 한강이지만 지루하지 않다. 볼수록 정이 느껴진다. 그리고 집에 돌아오면 6시 전후. 이 같은 스케줄의 오차는 5분 내외다. 그런데 오늘은 오른쪽 사타구니가 아프다. 무슨 영문인지 모르겠다. 어제 저녁부터 쑤시기 시작하더니 조금 심하다. 자칫 운동을 못 나갈지도 모르겠다. 앉는 자세 때문인가. 사람 몸은 기계와 달라 조금만 아파도 금방 신호가 온다. 상태를 보고 판단해야 할 것 같다. 아프면 무조건 일찍 치료해야 한다. 키우면 절대로 안 된다.

열대야는 한풀 꺾인 듯하다. 바람도 조금 분다. 다행히 찜통더위는 아니다. 이번 주도 힘차게 출발하자!

아들의 합격

8월 첫날 기쁜 소식을 들었다. 아들 녀석의 롯데 그룹 최종 합격. 녀석의 꿈은 '커피왕'이다. 그래서 바리스타부터 시작했다. 그동안 정규직 전 단계인 스텝으로 있었다. 스텝은 비정규직. 녀석에게 기왕 할 거면 밑바닥부터 배우라고 했다. 단계를 밟아 올라가는 것이 정석. 워낙 착하고 성실한 놈이기에 그리 걱정은 하지 않았다. 제 밥벌이는 할 놈으로 생각했다.

그래도 합격 소식은 나와 아내, 장모님을 기쁘게 했다. 오후 6시 넘어 연락이 오고 인터넷에 명단이 떴다. 녀석은 그제서야 안도를 했다. 놈의 대학 전공은 컴퓨터 공학. 전공을 바꿔 진로를 선택한 셈이다. 조금은 못마땅해하는 나에게 "아빠 두고 봐. 내가 돈 많이 벌 테니까."라고 녀석은 말한다. 그러면서 "이젠 아빠도 정규직이 되어야지!"라면서 나를 놀린다. 말하자면 촉탁 논설위원으로 있는 나를 보고 우쭐댄 것.

나야 어떠랴. 비정규직으로 있는 것만으로도 고맙다. 나에겐 일할 수 있는 공간만 있으면 된다. 그보단 아들 녀석의 정규직 소식이 고맙기 짝이 없다. 이것이 부모의 마음. 모든 부모가 다르지 않을 터다.

나는 행복한 사람

나의 20~30년 뒤를 생각해본다. 수명이 길어져서 그때까진 살게 될 터. 뭘 하고 사느냐가 중요하다. 일흔까진 일을 하고 싶다. 얼마 전 아내와 아들 녀석이 점을 보고 와서 "아빠는 68세까지 일할 팔자래!"라고 한다.

몸만 건강하다면 무슨 일인들 못하랴. 건강하게 오래 살아야 한다는 얘기다. 그러기 위해서는 평소 몸 관리를 해야 한다. 자기 스스로 할 수밖에 없다. 내가 새벽에 8km씩 걷는 것도 그 일환이다. 수명이 늘어나도 퇴직 연령은 크게 바뀌지 않았다. 대부분 55~60세에서 직장을 그만둔다. 옛날에는 할아버지 같았지만 지금은 청년이다. 정신도, 건강도 그렇다. 일자리만 주어지면 얼마든지 일을 할 수 있다.

그러나 이들을 위한 일자리는 흔치 않다. 언론사만 하더라도 그렇다. 요 몇 년 사이 퇴직한 동료들이 거의 논다. 할 일이 없기 때문이다. 나는 무척 행복한 편. 논설위원과 대학 초빙교수를 겸직하고 있다. 나를 써준 신문사와 대학 측이 고마울 따름이다. 일할 수 있는 공간이 있다는 게 얼마나 행복한 줄 모른다. 지금 이 순간도 마찬가지다.

나도 베스트셀러 작가이고 싶다

혹 베스트셀러가 되는 방법은 없을까? 분명 있다. 많은 독자들이 찾아주면 된다. 그러나 그게 쉽지 않다. 한 사람이 100권, 200권, 500권을 사 준다고 베스트셀러가 되지 않는다. 한 사람이 한 권씩, 많은 사람들이 참여해야 가능하다. 지인들이 사주는 것도 한계가 있다. 책을 낼 때마다 똑같은 얘기를 한다. "인터넷으로 한 권씩만 사 주세요. 그리고 입소문 좀 내 주세요."라고 말이다. 이번 8번째 에세이집도 마찬가지다. 나는 아직도 무명작가. 그 설움을 잘 안다. 전업 작가가 아니어서 충격을 덜 받을 뿐이다. 사실 밥과 술은 사도 책은 잘 사지 않는다. 그래서 책을 사달라는 부탁을 하기도 어렵다. 이번만큼은 작은 혁명(?)이 일어났으면 좋겠다. 출판사 사장님은 오늘 아침에도 전화를 걸어 책을 잘 만들겠다고 하신다. 얼마 전에는 꿈도 꿨다. 내 책이 잘 팔리는 것이었다. 대형서점 진열대에 내 책이 놓여 있고, 사람들이 고르고 있었다. 내가 바라던 바다. 그러나 깨보니 꿈이었다. 이번에는 출판사 사장님도 매우 적극적인 분이라 기대된다. 마케팅에 재주를 가진 분이다. 정말 잘되었으면 좋겠다. 진인사대천명의 심정으로 출판을 기다린다.

난는 영원한 작가를 꿈꾼다

257

PD보다 기자

나는 다시 태어나도 지금의 아내와 결혼할까? 대답은 '그렇다'
이다. 하지만 아내는 다른 것 같다. "글쎄. 자기와 결혼 안 했을 거
야."라고 하니 말이다. 남편인 내가 성에 차지 않는다는 얘기와 다
름없다. 원인은 나에게 있을 터. 아무래도 경제적인 이유를 꼽지
않을 수 없을 것 같다. 얼마 전 아내가 "자기가 PD를 했더라면 지
금보다 낫게 살 텐데."라는 얘기를 했다. 신문기자의 아내로 어렵
게 살아왔음을 말해준다. 1986년 입사 당시 KBS에는 PD로, 서울
신문에는 기자로 각각 합격했다. 둘을 놓고 고민하다가 신문기자
를 택했다. 나는 후회하지 않지만, 아내는 조금 다르다. 방송 쪽이
신문보다 급여 등 대우가 낫기 때문이다. 정년도 세 살 더 많다.
만약 서울신문에 계속 있었더라면 내년이 정년만 55세이다. 어쩌면
일찍 서울신문을 나와 그런 고민을 하지 않는지도 모른다. 2012년
서울신문 사장에 도전했다가 실패한 뒤 많은 경험을 했다. 전화위
복이라고 할까? 지금도 넉넉하지는 않다. 그래도 마음만은 편하다.
논설위원과 초빙교수. 투잡에 만족한다. 둘 다 비정규직. 그럼 어
떠랴. 작가는 덤. 일을 할 수 있어 행복하다.

페친에 대한 감사 초대

요즘 페친들과 부쩍 소통이 잦아진 느낌이다. 먼저 관심을 보여
주신 페친들께 감사를 드린다. 예전에 비해 '좋아요'를 눌러 주시
거나 댓글을 달아주는 분들이 많다. 나는 사실 그런 것에 별로 신
경을 쓰지 않는 편이다. 단 한 사람이라도 공감을 해 주신다면 그
것으로 만족하기 때문이다. 그러나 다다익선이라고. 난들 많은 분
들이 관심을 보여주면 기쁘지 않겠는가. 거듭 고마움을 전한다.
그렇다면 나도 보답을 해야 한다. 모두 모시면 좋을 텐데 그럴 수
도 없다. 예전에 말씀드린 기억이 있는데 겨울 한강 걷기를 제안
한다. 12월 13일(토)이 어떨지요. 11시쯤 지하철 2, 5호선 영등포구
청역에서 만나 목동교-양평교-양화교-한강합수부-성산대교-
양화대교-당산철교를 거쳐 여의도 샛강을 따라 반 바퀴 정도 돈
뒤 여의도에서 점심을 함께 했으면 합니다. 물론 소주도 있구요.
저를 빼고 7명만 모시려고 합니다. 두 테이블을 넘으면 대화가 분
산돼서 그러니 양해를 바랍니다. 부득이 선착순으로 모시겠습
니다. 희망하시는 분은 연락주세요.

한결같음

　사람이 한결같기란 쉬운 일이 아니다. 어떤 환경이나 유혹에 흔들릴 수 있기 때문이다. 내가 살면서 가장 경계하는 대목이기도 하다. '풍연이가 달라졌는데'라는 말을 들으면 안 된다는 얘기다. 사람은 처음과 끝이 같아야 한다. 자리가 높아졌다고, 돈을 좀 벌었다고 바뀌면 곤란하다.자랑하고 싶은 게 인간의 심리이긴 하다. 자기가 남보다 낫다는 이유에서다. 나의 4대 키워드 가운데 '겸손'도 빠질 수 없다. 그래서 매일매일 나를 되돌아본다. 새벽에 일어나 일기 형식의 글을 쓸 때도 마찬가지다. 행여 전날 다른 사람에게 서운한 일을 했는지 살펴본다. 그리고 오늘 만날 사람을 머릿속에 그린다. 그러면 한결같음에 바짝 다가갈 수 있다. 자기 자신은 자기가 제일 잘 안다. 지금껏 살아오면서 '달라졌다'는 말은 들은 것 같지 않다. 앞으로도 그렇게 살 것이다. 삶이 쉬운 것 같지만 실천하는 것은 어렵다. 실천을 염두에 두면 한결같은 삶을 이어갈 수 있다. 말만 번지르르 하는 사람들이 적지 않다. 실속이 없는 사람들이다. 언행일치를 다시 한 번 강조한다.

인문학 초빙교수

"늦었지만 축하하네. 인문학은 수학과 함께 모든 학문의 근간이라 생각한다네. 인문사회과학도가 수학도 알아야 되듯이 기술학도들도 인문사회과학의 기본은 알아야 된다고 생각하네. 자네의 풍부한 현장 경험을 학생들에게 많이 알려주는 좋은 시간이 되리라 믿네."

고등학교 한 동기가 밴드에 남긴 댓글이다. 또 다른 동기도 거의 같은 주문을 한다. "인문학에서도 희망을 심어주는 시간이 되길 바라! 특히 군대 가기 전의 젊은 청년들이, 즉 새싹들이!"라고 말이다. 내가 아세아항공전문학교 인문학 초빙교수로 위촉됐다고 했더니 이처럼 격려해 준다. 고맙지 않을 수 없다. 진심으로 축하를 건네줬기 때문이다. 내일은 대경대 부설 대안학교인 소나무학교 학생들을 만난다. 학부모들이 더 관심을 보여준다. 한 어머니가 소나무학교 밴드에 "교수님 글을 늘 편한 맘으로 대합니다. 우리 소나무 애들도 만나서 인문학강의 부탁드립니다!^^"라고 댓글을 남겼다. 오히려 기회를 얻은 내가 더 고맙다. 인문학 강의라고 할 것까진 없다. 그냥 내가 살아온 얘기를 하면서 그들과 친해지려고 한다. 조금이라도 도움이 되면 더 좋고. 내일까지도 설렘의 연속이 될 터다.

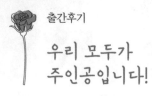

우리 모두가
주인공입니다!

권선복
도서출판 행복에너지 대표이사
대통령직속 지역발전위원회
문화복지 전문위원

아무리 세상살이가 힘겹고 끊임없이 고난이 닥치더라도 '삶의 주인공은 바로 자기 자신'입니다. 어떠한 일을 겪든 열정을 불태우며 꿈과 목표를 향해 나아간다면, 자신의 삶에서 엑스트라로 전락하는 일을 없을 것입니다. 자신의 행복할 수 있는 일을 찾아 매진하고 이를 통해 주변 사람들까지 행복하게 만들 수 있다면 만인이 존경하는 이 세상의 주인공이 될 수 있습니다.

이 책의 저자이신 오풍연 논설위원 역시 주변 사람들을 행복하게 만드는 이 세상, 이 시대의 주인공입니다. 저자는 28년째 기자의 길을 걸어왔지만 '기자'라는 이름에 걸맞지

않은 '촌놈, 바보'라는 수식어가 더 자신에게 어울린다며 기분
좋게 웃곤 합니다. 이 책은 일기를 연상케 하는 한 페이지 남
짓의 에세이 모음집이지만 모든 작품마다 독자를 기분 좋게
하고 미소 짓게 만드는 온기를 담아냈습니다. 자신은 글을 정
식으로 배우지 않았다고 당당하게 밝히면서, 누구나 자신만의
글을 쓸 수 있고 이러한 작업을 통해 삶을 더욱 행복하게 가꿀
수 있다고 이야기합니다.

   십여 년을 한결같이 새벽 두 시에 기상해 글을 쓴다는 저자
의 열정에 감동·감명이며, 많은 독자들이 책『새벽을 여는 男子』
를 통해 작가의 꿈도 키우시고 행복과 긍정의 에너지가 팡팡
팡 샘솟는 삶을 가꿔 나가시기 바랍니다. 제2의, 제3의 오풍
연 저자와 같은 분들이 저희 행복에너지의 문들 두드려 주시
기를 기원드리겠습니다.

『긍정의 힘』 2탄 공저자를 모집합니다!

개요

1. 공동 저자: 총 36명
2. 책 전체 분량: 380쪽 내외(1인당 10쪽 내외)
3. 원고 분량: A4용지 5장(글자크기 10포인트, 줄 간격 160%)
4. 경력(프로필): 10줄 이내
5. 사진: 자료사진 3매, 사진 설명 20자 미만
6. 신청 및 원고 접수: 수시 마감
7. 출간 예정일: 연 3회

긍정, 행복, 성공에 관한 이야기를 독자들에게 전하고 나눌 수 있는 내용의 원고를 자유로운 형식으로 작성하여 제출해 주시면 행복에너지 소속 전문 작가가 독자들이 읽기 편하도록 전반적인 윤문과 교정교열을 할 예정입니다.(원고는 ksbdata@daum.net 으로 송부해 주시기 바랍니다.)

책 발행비용은 100만 원이며 저자에게 발행 즉시 100부를 증정합니다.
발행비용은 신청 시 50만 원, 편집완료 시 50만원을 '국민은행 884-21-0024-204 도서출판 행복에너지 권선복'으로 입금해 주시면 되겠습니다.

자세한 문의는 언제든지 하단의 전화, 이메일을 통해 연락을 주시면 성실히 답변을 드리오며 원고 내용이나 책에 관해 궁금하신 분들은 도서 『긍정의 힘』을 직접 참조해 주시기 바랍니다.

도서출판 행복에너지: www.happybook.or.kr
대표이사 권선복
HP: 010-8287-6277   Tel: 0505-613-6133   E-mail: ksbdata@daum.net

소리(전 8권)

정상래 지음 | 각 권 13,500원

쏟아져 나오는 책은 많지만 읽을거리가 없다고 탄식하는 독자들이 많다. 그렇다면 근대 한국사에 담긴 우리 한恨의 정서에 관심이 있다면, 대하소설의 참맛에 대해 잘 알고 있다면, 정말 제대로 된 작품을 읽어볼 요량이라면 이 소설은 독자를 위한 더할 나위 없는 선물이자 생을 관통할 화두가 되어 줄 것이다.

조영탁의 행복한 경영이야기 세트(전 10권)

조영탁 지음 | 각 권 15,000원

행복한 성공을 위한 7가지 가치, 그 모든 이야기를 담은 『조영탁의 행복한 경영이야기』 전집은 자신은 물론 타인의 삶까지 행복으로 이끄는 '행복 CEO'가 되는 길을 제시한다. 다양한 분야에서 칭송을 받아온 인물들의 저서에서 핵심 구절만을 선별하여 담았다. 저자는 이를 '촌철활인寸鐵活人(한 치의 혀로 사람을 살린다)'으로 재해석하여 현대인이 지향해야 할 삶의 태도와 마음에 꼭 새겨야 할 가치를 제시한다.

열정 리더십의 스파크 경영

최유섭 지음 | 280쪽 | 15,000원

책 『열정 리더십의 스파크 경영』은 현재 20년 넘게 전문 전자부품 분야에서 정상의 자리를 지켜오고 있는 '텔콤'의 최유섭 대표이사의 경영론 모음집이다. 백전노장 CEO가 전하는 각종 경영 스킬은 임원이든 직원이든 회사 생활을 하는 사람이라면 그 누구라도 공감할 만한 현실 감각과 통찰력을 내비치며 신뢰감을 더해 준다.

하루 일자리 미학

김한성 지음 | 260쪽 | 15,000원

책 『하루 일자리 미학』은 현재 인력소개업을 하는 저자의 생생한 경험담을 바탕으로 인력소개업계가 앞으로 나아가야 할 올바른 방향은 무엇인지, 기업과 근로자 모두가 상생하는 방안은 무엇인지에 대해 제시한다. '건설인력업계 민간 부문 최초의 책'으로서 더욱 주목받고 있으며, 수많은 일용근로자들에게 삶을 알차게 가꿀 계기를 마련해주는 이정표가 되어 줄 것이다.

잘나가는 공무원은 무엇이 다른가

이보규 지음 | 312쪽 | 15,000원

정신 놓고 있다가 길을 잃으면 그 순간 끝장이다! 9급부터 시작하는 공무원 행동강령. 이제 지옥 같은 직장을 낙원으로 만들고, 적을 아군으로 만드는 마법 같은 처세의 힘으로 더 큰 바다로 나아가보자.

마음이 아름다우니 세상이 아름다워라

이 채 지음 | 224쪽 | 13,500원

저자는 이 시집에서 우리가 늘 살아가고 있는 이 세상을 노래하였다. 우리는 늘 세상을 긍정적으로 바라보고 타인을 존귀하게 대해야 한다고 배우지만 힘겨운 세상살이 속에서 말만큼 쉽게 되는 일은 아니다. 이채 시인은 바로 의미를 깨달을 수 있는 쉬운 문장들을 독자에 마음에 점자처럼 펼침으로써 읽은 이 스스로가 마음을 매만지게 한다.

사랑하는 나의 어머니

정진우 지음 | 344쪽 | 15,000원

101세의 일기로 떠나보낸 어머니와의 평생, 그 눈물겨우면서도 감동적인 여정! 가정의 달 5월을 맞아, 그 이름 부르기만 해도 마음이 편해지고 힘든 이 세상에서 편히 쉬기 하는 삶을 유일한 안식처 '어머니'를 노래하다! 서울대 의과대학을 졸업하고 현재 뉴욕에서 비뇨기과를 운영하고 있는 저자의 첫 에세이로, 독자의 마음에 잔잔하게 퍼지는 온기를 전할 것이다.

공부의 길

김정환 지음 | 400쪽 | 25,000원

『공부의 길』은 1996년 이래 약 20년간 서울 대치동에서 "수학강사"로 시작하여 "공부학습법 교육 연구소" 소장, 나누리 에듀의 원장을 역임하고 있는 김정환 원장이 평생의 공부법 연구를 집대성한 책이다. 학생 본인은 물론 부모, 선생, 강사 등 교육자의 위치에 있다면 누구든지 꼭 한 번쯤은 읽어 봐야 할 '암기 · 오답노트 중심의 학습법, 과목별 학습법' 등을 제시한다.

검사의 락

곽규택 지음 | 304쪽 | 15,000원

책『검사의 락』은 15년의 검사 생활을 마치며 제2의 인생을 준비하는 곽규택 변호사의 '검사들의 삶, 검찰청 이야기'다. 대중에게 선보이기 위해 검사로서의 지난날을 솔직하고 담백한 필치로 정리해 오롯이 담아내고 있다. BBK 김경준 송환 작전부터 검찰총장 혼외자 의혹 사건까지 대한민국을 떠들썩하게 한 사건들의 뒷이야기를 솔직한 화법으로 풀어내고 있다.

언덕을 넘으며 시대를 생각한다

정문수 지음 | 352쪽 | 15,000원

책『언덕을 넘으며 시대를 생각한다』는 한국사회의 지난 20년을 면면에서 살피고 그에 따른 성찰과 뒤따르는 시대에 대한 혜안을 담은 책이다. 저자인 인하대 '정문수' 교수는 참여정부 시절 청와대 경제보좌관 자리에 오르는 등 대한민국을 대표하는 경제인이자 법학자이다. 변혁을 거듭했던 최근의 대한민국을 한눈에 들여다보고 '우리 사회의 구성원 모두가 행복하게 잘 살기 위해 무엇이 필요한가'를 제시한다.

음악을 건네다

최철규 지음 | 320쪽 | 15,000원

책『음악을 건네다』는 20여 년간의 음악 방송인 경력을 십분 발휘하여, 고르고 고른 58곡의 노래에 이야기를 덧입혀 담아낸 음악에세이집이다. 비틀즈, 밥 딜런, 아델 등 시대를 대표하는 팝 스타는 물론 정태춘, 여행스케치, 김광진과 같은 국내 거장들의 노래 가사를 하나씩 소개하면서 그와 걸맞은 이야기를 정감 어린 톤으로 풀어낸다.

명세지재들과 함께한 여정

강 형(康泂) 지음 | 432쪽 | 25,000원

이책은 평생을 교육자로 살아온 강형 교수의 회고록이다. 1부는 오직 교육자의 길만을 걸어온 저자의 지난날의 대한 회상을 중심으로, 제자들과 함께한 그 열정의 여정에 대해 이야기한다. 2부는 저자에게 가르침을 받은 명세지재들의 옥고(玉稿)를 담고 있다. 이 책은 진정한 교육자의 길은 무엇인지 알려주고 대한민국 교육계의 미래를 위해 우리가 해야 할 일은 무엇인지에 대해 명쾌히 전하고 있다.

진짜 사나이는 웃으면서 군대간다

박양근 지음 | 240쪽 | 13,800원

군대 얘기만 나오면 좌절하고 겁부터 먹는 젊은이들. 하지만 그런 나약한 정신과 태도로는 한평생을 살며 아무것도 이룰 수 없다. 이 책은 군 입대를 앞둔 젊은이들이 어떤 태도를 가지고 군대에 가야 하는지, 군대에서는 무엇을 어떻게 해야 하는지, 또 제대할 때는 무엇을 얻어 전역해야 하는지를 도와줄 것이다.

지리산 비원의 바람을 따라 흐르다

김창환 지음 | 272쪽 | 15,000원

해방이라는 찬란한 선물과 함께 안겨진 분단 시대에 태어나 오늘에 이른 저자는 전쟁과 이념이 휩쓸고 간 불모의 땅에서 때로는 인간다운 삶을 철저히 박탈당하고 살아왔다. 여기서 인간다운 삶, 인간적 권리의 회복이 선명하게 얼굴을 내민다. 누구도 비교논리에 의해서 상처받지 않고 상대를 존중하며 상생할 수 있는 성숙한 사회에 대한 소중한 메시지를 전한다.

나는 언제나 혼자가 아니었다

정경훈 지음 | 256쪽 | 15,000원

한국GM(주)에서 상무이사로 퇴임을 하고 현재는 국민대학교에서 제자들을 가르치는 정경훈 교수의 가슴 따뜻한 고백이다. 이 책은 아무리 힘겨운 삶을 살더라도 그 누구든 행복한 삶을 성취할 수 있음을 독자에게 전하고 있으며 이를 위해 어떠한 태도를 갖추고 어떻게 노력을 쏟아야 할지에 대해 이야기한다.

당신에게 포기란 어울리지 않는다

최성대 지음 | 232쪽 | 13,800원

이 책은 불굴의 의지와 끝없이 타오르는 열정으로 자신에게 주어진 고난을 꿋꿋이 이겨내며 결국 행복한 삶을 성취한 한 인간의 이야기가 담겨 있다. KB국민은행에서 지점장 자리까지 오르고 명예롭게 퇴직한 저자는 현재 박사, 교수로서 제2의 인생을 힘차게 이어나가고 있다. 자신의 사례가 현재의 힘겨운 삶 앞에서 괴로워하는 많은 독자들에게 작은 격려와 용기를 불어넣는 계기가 되기를 기대하고 있다.

긍정의 힘

김영철 외 35인 공저 | 416쪽 | 값 17,000원

이 책은 성공을 거머쥐기 위해 반드시 갖춰야 할 자세 '긍정'의 힘이 얼마나 위력적인지를 다양한 목소리를 통해 들려준다. 자기 자신에 대한 굳건한 믿음, 아무리 힘겨워도 웃을 수 있는 밝은 마음이야말로 이 험난한 세상을 이겨나가게 하는 가장 큰 무기다. 긍정 선생이 전하는 도전, 성공, 웃음, 행복, 희망의 이야기를 만나보자.

소통의 유머 리더십

장광팔 · 안지현 · 이준헌 지음 | 264쪽 | 값 15,000원

늘 문제는 불통에서 시작된다. 21세기 대한민국의 화두가 '소통'인 까닭이 거기에 있다. 소통을 잘하기 위해 지금 당장 우리가 할 수 있는 것은 무엇일까. 책『소통의 유머 리더십』은 유머를 통해 소통을 이루고 이를 리더십의 극대화로 이끄는 방안에 대해 이야기한다. 이 책에 담긴 유머스킬들을 자신의 것으로만 만들 수 있다면 그 누구라도 유머의 달인, 유머를 아는 리더가 될 수 있다.

공부의 모든 것

방용찬 지음 | 서한샘 추천감수 | 304쪽 | 값 15,000원

30년 동안 유수의 명문 학원에서 강사와 원장으로 활동하며, 학원 교육 분야에서 일가를 이뤄온 방용찬 원장의 책『공부의 모든 것』은 학생들이 자신의 공부법에 대한 문제점을 객관적으로 진단할 수 있도록 구성되어 있다. 교육을 매개로 저자와 한 가족과 다름없는 친분을 맺어온 학원가의 대부, 한샘학원 설립자 서한샘 박사의 감수와 적극적인 추천은 그 신뢰성을 더한다.

학교 가는 공무원

김영석 지음 | 304쪽 | 값 15,000원

교육기관의 현실과 함께 거기서 근무하는 교육행정직공무원이 무슨 생각을 하면서 어떤 일을 하는지 알려 주고, 어떠한 자세로 일하는 것이 바람직할 것인지에 대해 생각할 거리를 제시하는 책이다. 현직 공무원은 물론 학교 밖의 일반 시민들과 교육행정직공무원 시험을 준비하는 수험생들에게도 교육현장에 대한 이해를 높일 수 있는 훌륭한 자료들을 담고 있다.

'행복에너지'의 해피 대한민국 프로젝트!
〈모교 책 보내기 운동〉

대한민국의 뿌리, 대한민국의 미래 청소년·청년들에게 책을 보내주세요.

많은 학교의 도서관이 가난해지고 있습니다. 그만큼 많은 학생들의 마음 또한 가난해지고 있습니다. 학교 도서관에는 색이 바래고 찢어진 책들이 나뒹굽니다. 더럽고 먼지만 앉은 책을 과연 누가 읽고 싶어 할까요? 게임과 스마트폰에 중독된 초·중고생들. 입시의 문턱 앞에서 문제집에만 매달리는 고등학생들. 험난한 취업 준비에 책 읽을 시간조차 없는 대학생들. 아무런 꿈도 없이 정해진 길을 따라서만 가는 젊은이들이 과연 대한민국을 이끌 수 있을까요?

한 권의 책은 한 사람의 인생을 바꾸는 힘을 가지고 있습니다. 한 사람의 인생이 바뀌면 한 나라의 국운이 바뀝니다. 저희 행복에너지에서는 베스트셀러와 각종 기관에서 우수도서로 선정된 도서를 중심으로 〈모교 책 보내기 운동〉을 펼치고 있습니다. 대한민국의 미래, 젊은이들에게 좋은 책을 보내주십시오. 독자 여러분의 자랑스러운 모교에 보내진 한 권의 책은 더 크게 성장할 대한민국의 발판이 될 것입니다.

도서출판 행복에너지를 성원해주시는 독자 여러분의 많은 관심과 참여 부탁드리겠습니다.

도서출판 **행복에너지** 임직원 일동

문의전화 0505-613-6133